しなくていいがまん

小林麻耶

サンマーク出版

しなくていいがまん

自分の芯がしっかりあって、欲しいものはなんでもすぐに手に入る。
わたしはみなさんが思うような、
そんな完璧な人生を歩んできたわけではありません。

まわりの目を意識して、いつも人に合わせて、
誰かを喜ばせようとして自分の心を押しつぶす
「しなくていいがまん」ばかりをして、ここまで生きてきたのです。

もちろん楽しいことや幸せだと思うこともたくさんあったけれど、
いつもどこか心が、見えない何かに縛られているような三九年間でした。
でも、そういうふうに自分を殺して生きることは、もうやめにします。
だって、この人生は一度きり。何があっても一度きりなのですから。

Prologue

好かれたい、ほめられたい、みんなに「いい子」と言われたい。
役に立ちたい、喜ばれたい、「ありがとう、助かる」と言われたい。
認められたい、成功したい、「すごいね」と言われたい。
わかってほしい、受けいれてほしい、「あなたが必要」という言葉が欲しい。

これは特別な、わがままなのでしょうか？
こんな願いをもつなんて、わたしは、どこかおかしいのでしょうか？
でも、こうした願いを一つも抱かない女性は、たぶん、いないと思います。

たとえばきつい仕事でも、「たった一人、見てくれている人がいたら救われる」という声も多く聞きます。

「がんばってるよね。ありがとう」という言葉が、ボーナスよりずっとうれしいという人も、珍しくありません。

たとえば睡眠時間を削って、自分の時間を潰して家族のお弁当をつくるのは大変だけれど、「すごくおいしかった！」の言葉と笑顔で、心がするするほどけてしまうお母さんも、多いのではないでしょうか。

女性は人の気持ちにとても敏感。だから、相手のことを考える人ほど、「誰かのため」を中心にふるまうようになります。

家族のため、恋人のため、友だちのため、仕事のため。

役に立つように、好かれるように行動して、認められるように、受けいれられるようにこまやかに心を配るのです。

かく言うわたしも、そのうちの一人でした。

「八方美人」と言われるくらい、そうだったのです。

わたしにくっついてくる「ぶりっ子」というキャッチフレーズ（？）みたいに、これが戦略だったらよかったのに。

合コンでサラダを取り分ける、昔ながらの女子作戦みたいなふるまいだったら、どんなによかっただろう、などと考えたりもします。

あるいは、「思いやりのあるやさしい人」の範囲で心配りがおさまっていたら、どれほどラクだったことでしょう！

でも、違いました。

人の気持ちを意識してふるまうのは、わたしの「作戦」や「武器」ではなく、染みついてしまった「心の悪いクセ」だったのです。

そのクセは、思いやりの域をとっくに通り越していました。

こんなふうに書くとまた誤解を招きそうですが、「わたしって、天使みたいに奉仕の心をもってます」と言いたいわけではありません。

わたしが人の気持ちばかり気にするのは、「そのままの自分」に自信がないからでした。

なんとか役に立つことをして、無理をしてでもがんばらないといけない。なぜなら、そのままの自分には価値がないと思い込んでいたからです。

いつもにこにこして、きれいにして、「うん、そういうのわかります」と同意と共感もセットにして相槌《あいづち》をうたなければ、誰からも受けいれられないと思っていました。

だけどこれは、本当にくたびれます。

二四時間三六五日、自分の部屋のなかでもメイクをして、ヒールを履いて過ごしているようなもの。

下着がきつくても、コンタクトがカラカラでも、足が悲鳴をあげていても、一秒たりとも「素の自分」になってはいけないのですから、本当につらいです。

でも、わたしは自分の心を、ずっとそんなふうに扱っていました。

大事なのはみんなにどう思われるかだから、自分自身がどう感じるかは、がまんして、犠牲にしていたということでしょう。

そうやって、わたしは素の自分を殺していました。

自分ではなく、誰かを世界の中心に据えて、「しなくていいがまん」ばかりしていたのです。


だけど、このままじゃ、わたしは迷子になってしまう……。

それに気がつくのに、三九年もかかってしまいました。

わたしたちは社会のなかで生きている大人です。それゆえに当然ですが、「したほうがいいがまん」もあります。また、人を思いやる女性ならではの特性は、悪いことばかりではなく、たくさんのいい面があるのも事実です。

それでも、まわりの目を意識して、いつも人に合わせて、誰かを喜ばせようとして自分の心を押しつぶすような「しなくていいがまん」は、一日も早くやめたほうがいいのではないでしょうか。

「しなくていいがまん」は単なる心の悪いクセであり、それどころか、自分を殺す毒にもなりかねないのですから。

そのままの自分でいい。

生きてそこにいるだけでいい。

人の目を意識し、誰かを世界の中心に据えて生きるなんて、人生がもったいない。

こう気がついたきっかけは仕事や恋愛などいろいろあり、詳しくはこれから書いていきます。そして妹の死も、わたしに大きな気づきをくれました。

わたしと血を分けた、たった一人の妹。

大切で、大好きで、いまだってかわいくてたまらない、麻央ちゃん。

彼女は「したほうがいいがまん」と「しなくていいがまん」を知っていました。

自分を大切にしながら、愛する家族やまわりの人にもあたたかい光を届ける方法を、ちゃんとわかっていたのです。

身内をほめるのはおかしいのかもしれませんが、彼女は妹であると同時に、一人の女性として尊敬できる存在でした。

だから彼女が教えてくれたことを胸に抱いて、生きていきたいと思っています。

この本でわたしは、三九歳の一人の女性として、ありのままを書いていくつもりです。この本を通して、女性が陥りがちな「しなくていいがまん」をやめる方法を、みなさんにも知ってほしいと願っています。

だって、あたりまえの今日が、ずっと続くという保証はどこにもないのだから。

いつなんどき、平凡な日常が奪われてしまうか、わからない。

それなら、誰にとってもかけがえのない一日を、「しなくていいがまん」をして過ごすなんて、あまりにも、もったいない！　わたしは、そう考えています。

あなたが、「しなくていいがまん」から、自由になれますように。

小林麻耶

二〇一八年秋

Chapter 2
自分らしくいられる人との距離感

Chapter 3

がんばらない働き方

Chapter 4

結婚するのに、理由はいらない

Chapter 5
ただ生きているだけで

Chapter 1

本当につよい人は、つよがったりしない

「役に立ちたい！」をやめる

とても古い記憶で、それなのにあざやかなのは、三歳くらいのある夜。
父と母と三人で寝ていて、ふと目が覚めたら電気がついていました。
布団一面が、真っ赤な海。
妹を妊娠中だった母が、大量出血をしてしまったのです。

——お布団が真っ赤。血が出てる！
——ママはぐったりしていて、動かない。
——パパは慌てて立ちあがって、電話をしたり、大きな声で何か言っている。

――わたしも何かしなきゃ、役に立たなきゃ、このままだとママが死んじゃうかもしれない！　でも、何もできない……。

三歳の子どもがこのシーンで何もできなくても当然で、仕方がないことです。それでも何かしたかった当時のわたしは、その場に立ち尽くし、ただ泣き叫ぶだけの自分を「命を助けることができない役立たず！」と、きびしく責めていたのです。「役立たず」という言葉は知らなかったかもしれませんが、「ママを助けられないわたしはダメな子だ、悪い子だ」と恥ずかしく思い、自分で自分を叱りつけていた……。

大人になってから、「役に立たないと、自分は存在する価値がない」と思い込んでしまった根っこは、ここにあるのかもしれません。

母はその後、無事に妹を出産しましたし、当然、わたしが責められることもなかったのに、なぜか思い込んでしまったのです。

ただ、生きているだけなんて許されない、と。

何かしら人のために役に立たないと、自分が存在する意味が見出せない、と。

「人の役に立ちたい」という気持ちは女性らしい思いやりにもつながりますし、がんばっていろいろなことが達成できるという、プラスの面もあります。

でも、わたしの場合、これが完全に裏目に出ていました。

学生時代も、社会人になってからも、わたしはずっと承認欲求のかたまりでした。

なぜなら「人の役に立ちたい」という気持ちは、「人に認めてほしい」という気持ちにつながっているから。

たとえばわたしは、学校が大好きでした。

学校での勉強は、習った通りのことを覚えて、テストでもその通りに答えれば、いい点がとれて先生に認めてもらえます。

体育祭でリレーの選手に選ばれたら、とにかくがんばりました。クラスの役に立てるうえに、みんなに「すごいね、おかげで勝てたよ」と自分の価値を認めてもらえるのですから、大変とかプレッシャーというよりも楽しくてたまりませんでした。

学校という、「何かしら役割が与えられ、努力すればきっちり評価される」というシステムは、わたしにピッタリだったということでしょう。

まさに典型的な「昭和の女子」。

学生の頃までは、それでもうまくいきました。

しかし、社会人になると事情は変わります。

「仕事でがんばれば、会社の役に立てるし、認めてもらえる！」

最初はそう信じていましたが、いつの間にか空回りして浮いてしまいました。

仕事は複雑ですし、ましてわたしが職業として選んだのは不特定多数の人を相手にするテレビの世界。全員が「すごいね」と認めてくれることなどありえません。

ほかの仕事だって、「全員に認められない」というのは同じだと思います。

しかもわたしは、どこの誰ともわからない「誰か」の役に立つことを優先するあまり、まわりの人のことが見えなくなっていました。

最悪なのは、「がんばって役に立ちたい、認められたい」という気持ちにとらわれるあまり、素の自分を押し殺していたこと。

いつの間にか、しなくていいがまんを限界まで重ねていたのです。

人の役に立つことは大切だし、とっても「いいこと」です。

でも、そればかり意識して自分を押し殺してがまんしてしまっては、結局、誰の役にも立てない。本末転倒なのです。

自分を押し殺す「しなくていいがまん」は、早くやめたほうがいいでしょう。

誰かに認めてもらおうとする前に、
まずは自分で「自分」を認めてあげる。
「誰かの役に立てるか？」と考える前に、
それが自分にできることとか、
好きで得意なことか、
何より「やりたいことか」を考えましょう。

「みんなに好かれたい」をやめる

わたしの人生最大のモテキは中学時代。

中三で兵庫県から東京に引っ越してきたときは、六〇人の男子に告白されたほどです。うれしくないと言ったら嘘だけれど、それよりも「困ったな」が大きかった。

男の子にちやほやされることで、女子に嫌われることは決まりが悪かったから。

そこでわたしは、人生で初めて、意識的に自分を殺しました。転校前はクラスでも目立つほうでしたが、転校後は髪型も服装も、地味に真面目に。女子ピラミッドの第一グループではなく第三、第四グループに入って、第一グループの男子とは絶対しゃべらない。

それでも告白してくる男の子は途切れませんでした。

ことわれば「調子に乗っている」と言われ、「友だちのままでいてほしいです」と言えば「はっきりしない」と責められる。

告白してきた本人でなく、まわりの女子に怒られるのですから、つらかった。

そんな女子たちにはっきりと反抗できていればよっぽどラクだったことでしょう。ですが当時のわたしは、それよりもただ、「どうやったらこの状況を丸くおさめられるんだろう？」とばかり考えていたのです。

これは「わたしってモテるだけでなく性格もよかったんです自慢」ではありません。むしろ、最悪な自分についての恥ずかしい告白です。

なぜなら本音では、わたしは男子にも女子にも好かれていたかったから。

人が一〇〇人いれば、一〇〇人に自分を好きでいてほしかった。

いま思うと、わたしが女の子たちに嫌われたのはモテていたからではなく、全員に好かれようとしていた、八方美人の態度が原因なのだとよくわかります。

もしあの頃、「わたしはこの人が好きです」と好きな人とつきあうことができれば、その一人と仲良くでき、女子からも必要以上に嫌われずにすんだかもしれません。

もしあの頃、「わたしはこういう人です」と自分を殺さず表明していたら、男女を問わず、わたしを嫌う人もいたでしょうが、好きになってくれる人もいたでしょう。

でも、わたしはそれをしなかった。

誰ともつきあわなかったし、自分を隠していた。

誰も「本当のわたし」を知らなかったのですから、男の子たちは「小林麻耶」を好きなのではなく、「転校生でいつもニコニコしている女子」という架空の存在に、告白していただけなのかもしれません。

「モテキはじつはただの幻だった」という残念なオチです。

一〇〇人に好かれようとすると、たった一人にも好かれないことを知りました。

何より、自分で自分のことが好きじゃなくなる、という危険があります。

一〇〇人中一〇〇人に好かれようと、
自分を殺すのはやめましょう。
仮にそれでみんなに好かれても、
それは本当の自分ではありません。
「知らない誰か」です。

「お姉ちゃん」をやめる

「お姉ちゃんなんだから、がまんしなさい！」

これは、長女あるあるで、長男も同じだと思います。親に要求された姉や兄という「役割」が、いつの間にか自分を押しつぶしていく……。

わたし自身は、「お姉ちゃんなんだから、がまんしなさい」とは言われませんでしたが、両親やまわりの大人が「お姉ちゃんはえらいね」とか、「お姉ちゃんは妹にやさしいね」と言ってくれるのがうれしくて、勝手に張りきってしまいました。

「よーし！　お姉ちゃんとしてわたしは、役に立ってるんだ！」

そのときは喜んで好き嫌いなくごはんを食べたり、進んでお片づけをしたりしていたのですが、もしかすると、どこかに無理があったのかもしれません。

「もう、お姉ちゃんって呼ばないで」

家族にそう頼んだのは、三〇代になったある日のこと。

妹は「麻央ちゃん」と名前で呼ばれているのに、わたしだけが「お姉ちゃん」。子どもっぽいと思われるかもしれませんが、自分も名前で呼んでほしいと頼んだのは真剣な気持ちからです。

その頃、わたしはいろいろと悩んでいて、「自分ってなんだろう」と考えつづける毎日でした。しかし家族のなかで「お姉ちゃん」と呼ばれると、「お姉ちゃんの役割」が自動的に飛びだしてきて、〝素の自分〟が支配されてしまう……。

「お姉ちゃん」という言葉は、素の自分にがまんを強いることにつながる危険なスイッチだったのです。

いま、わたしは姪と甥の世話をすることもありますが、姪に対して「お姉ちゃんだから、＊＊しなさい」と言わないように注意しています。

もしも姪が素質として「お姉ちゃんらしいふるまい」ができるとしても、それは姪の「自分らしさ」よりも「お姉ちゃんという役割」を優先していることだから。

同じ理由で姪には「女の子なんだから」とも言いませんし、甥にも「男の子でしょ、泣いちゃダメ」とか「男の子はつよいのよ」などと言いません。

お姉ちゃんでなく、女の子でなく、その子自身。

弟でなく、男の子でなく、その子自身。

そういうふうに育ってほしいと思うのです。

これは「お母さん」でも「お父さん」でも、「上司」でも「先生」でも同じです。

役割は必要なものですが、役割を果たすためには、「役割を外した自分」を大切にしなければいけないと感じています。

「役割」はがんばるためのスイッチで、
必要なもの。
でも、自分よりも役割を優先したら、
逆にがんばれなくなってしまいます。
ときには「**ちゃんのママ」でも
「**チームのリーダー」でもなく、
〝素の自分〟になってくつろぎましょう。

「イライラを悪者にする」をやめる

イライラしていて、普段なら気にならないまわりの発言に、カチンとくる。
店員さんのぶっきらぼうな対応に、「ひどいな！」と心のなかで怒ってしまう。
週刊誌の「麻耶の知人」「関係者」という記載に、キーッとなる。
わたしもこんなふうに、イライラしてしまうことがあります。

電車に乗ると、同じようにイライラしている人を見かけます。
発車が遅れたとか、体がぶつかったとか、些細《ささい》なことで怒鳴っている人を見かけることがあるのではないでしょうか？

もちろん、イライラしているからといって公共の場で人に八つ当たりするのは、大人としてかしこい選択ではありません。

でも、わたしは思うのです。

イライラしている自分を、自分だけは認めてあげていいのだと。


これは日本だけなのか、それとも外国も同じなのかはわかりませんが、人間の気持ちにラベリングがされているような気がします。

「うれしい、楽しい、幸せ」という気持ちは「○（マル）」のラベル。すべてオーケーでいい感情だから、どんどん表していいし、むしろはっきり口に出したほうがいい。

いっぽうで「イライラする、悲しい、さびしい」という気持ちはすべて「×（バツ）」のラベル。マイナスの感情で、人に伝えないのは当然であり、自分のなかですら押し殺したほうがいい。

でも、それって本当かな、とわたしは疑問です。感情に、「いい」も「悪い」もないと思うのです。何をされても怒らないなんて不自然だし、傷ついたら悲しいのがあたりまえです。

わたしたちは機械ではないのですから、小さい子どもみたいに心が悲鳴をあげることだってあるはずです。

自分の気持ちを無視するのはやめて、素直になったほうがいい。

わたしはそう考えています。

自分の気持ちを早く認めれば認めるほど、自分がラクになります。

心にふたをし、がまんを重ねてつくり笑顔でいると、ますますイライラはつのりますが、「わたし、いまイライラしているんだ」と自分で自分の気持ちを認めた瞬間、それだけでイライラが少しおさまります。

そうすれば突然、爆発して周囲を驚かせたり、自分が傷つかなくてすむのです。

怒りやイライラはなかなか他人には
見せられない感情。
だからこそ、駄々をこねる子どもを
抱っこし、ただ「よしよし」と言ってあげる
お母さんみたいに、
自分で自分を認めてあげましょう。

「あふれる涙をこらえる」をやめる

お気に入りのカフェで、朝ごはんをいただいたときのこと。

朝なのにお客さんでにぎわっていたのは、その日が気持ちよく晴れていたからだし、そのお店のフレンチトーストが絶品だからでしょう。

わたしのオーダーも、フレンチトースト。

メイプルシロップと、特製のクリームが添えられたほかほかのお皿が運ばれてきたとき「わあ、おいしそう！」と思ったのと同時に、涙があふれてきてしまいました。

……麻央ちゃん、このフレンチトーストとクリームも大好きだったな。一緒に食べたかったたな。

突然こみあげる悲しみに、わたしはどうすることもできませんでした。

ハンカチでおさえはしたものの、まわりの人は、わたしが泣いていることに気づいていたと思います。


妹が好きそうな洋服を見たとき。

好きだったジュースを飲むとき。

ふとした瞬間、いまでも悲しみがあふれてきます。

思い出話をしているタイミングや、月命日といったタイミングではなく、なんでもない、むしろ和やかなシーンで、あふれてくる悲しみ。

わたしは、この悲しみを、がまんしないと決めています。

カフェのように人目があるところでは、ネットにあげられてしまうかもしれませんが、気にしません。悲しいのは本当だから、わたしは涙をがまんしない。

見知らぬ大勢の人の気持ちより、自分の気持ちを優先すると決めています。

悲しみは、がまんするとふくらむから、早めに出すといいのではないでしょうか。

妹が亡くなってしばらくは、悲しみのあまり、家族や姪や甥と一緒にいました。一人にならずにすんでホッとしたぶん、わたしは思いきり泣いていませんでした。

ところが自宅に戻って一人になったとたん、ものすごい悲しみに襲われたのです。

「ここでやめたら、また中途半端になるな……」

そう感じたわたしは、思いきり泣きました。声がかれるほど泣き切って、悲しみを昇華しようとしたのです。泣き疲れて涙も出なくなったとき、どこかスッキリしたのを覚えています。

それでも悲しみは消えないから、出てくるたびにそれを受けいれる。

こうして感情に素直になってみると、わたしは前よりたくさん笑えるようになりました。感情に素直になると、喜びも悲しみもありのままに感じられるようになるのかもしれません。

落ちこみたいときは、思いきり落ちこむ。
悲しいときには、子どもみたいに泣く。
それも自分の一部なのだから！
感情には「どっぷり浸ると飽きる」という
性質もあるのでは？
なぜなら、うんと泣いたあとは、
自然と笑えるものです。

「つよがって一人でがんばる」をやめる

わたしは家のなかで、どちらかと言えば、「手がかからない子ども」でした。

わがままは言わないし、自分のことは自分でやる。

学校に入ってからも、優等生だったと思います。

先生の言いつけは素直に守るし、勉強もスポーツも全力投球。

与えられた目標に向かって努力し、それをクリアすることが「役に立っている自分の証明」みたいでうれしかったから、言われたことは「一〇〇パーセントやる！」のです。

大学を卒業して、社会人になった頃まで、わたしの優等生時代は続きました。

がんばれば、報われる。
がんばれば、うまくいく。
——素直にそう信じていたのだと思います。

妹が病気になったときは、「一人でがんばろう！」ではなく、「家族だけでがんばろう！」としていました。みなさんにご心配やご迷惑をおかけしないよう、本人と家族だけで乗り越えようと、病気は公表しませんでした。

わたしは「平気なふりをして一人でがんばる」というのに慣れていたので、無意識のうちに、自分に言い聞かせていたのかもしれません。

つらいのをがまんしよう。わたしはまだまだ、がんばれる、と。

それでも、世界一愛している妹が病んでいるという現実は、わたしが抱え切れるような重さではありませんでした。がまんにがまんを重ねた限界だったのか、あってはならないことに、生放送の本番中に倒れてしまったのです。

すぐに救急車が呼ばれ、救急病院に搬送されたときある友人の顔が浮かびました。友人というより大の親友。彼女はわたしにとって数少ない、「心を許せる相手」です。病院の先生にお願いして彼女に電話をかけると、わたしは必死で訴えました。

「あなたがいてくれないと、死んじゃう。お願いだから助けにきて！」

わたしはそれまでずっと、この大親友にすら頼れなかった。

弱みを見せて「助けて」と言えなかった。

ギリギリまで追い詰められて、がまんができる心でも体でもなくなったそのとき初めて、わたしは「助けて」が言えたのです。

すぐに駆けつけてくれた親友は、付き添ってくれたばかりでなく、四時間もわたしの手をそっと握っていてくれました。

のちに元気になったとき、彼女に言われました。

「わたしね、あんなに大変なときに、麻耶が〝助けて〟って、電話してくれたことがうれしかった」

一人でがんばらなくていい。

大切な人には、弱さをさらけ出してもいい。

いいえ、大切な人だからこそ、がまんをしない「ありのままの自分」で正直に向き合うことが、その人を信じることだった。

わたしはようやくそれに気がつきました。

その後、妹ががんであることがマスコミに知られてしまい、海老蔵さんが記者会見を開いたのですが、これも大きな変化でした。

いい先生を紹介してくださる人。参考になる本をくださる人。

いたずらに騒がれるだけだと思っていたのに、妹に届けられたのは、それを上回る思いやりでした。

「事実をお伝えすれば、こんなにもたくさんの愛を受けることができるんだ。いろんな情報をいただいて、自分たちの力にもなるんだ！」

つらいことをがまんして平気なふりをする愚かさを、わたしはこのとき、ふたたび学びました。


しなくていいがまんをして、本当は弱い自分を押し殺しても、いいことは何もありません。そのままの自分を受けいれてくれる人は、自分が思っているよりたくさんいるのではないでしょうか。

つよがって一人でがんばらなくていい。
頼っていい。弱いままでいい！
「助けて」と弱みを見せたときに
差し出される手は、
自分が思うよりたくさんあります。

〝正直に生きる〟と〝わがまま放題〟は違う

□役に立たなくていい
□みんなに好かれなくていい
□「役割」にとらわれなくていい
□イライラを悪者にしなくていい
□あふれる涙をこらえなくてもいい
□つよがって一人でがんばらなくていい

……でも、「したほうがいいがまん」もあります。

しなくていいがまんをやめて、自分に正直に生きる。

ありのままの自分を自分で認めてあげる。

このとき勘違いしないように、自分なりに気をつけているポイントが二つあります。

ポイント一 わがまま放題でいいわけじゃない。

「自分がよければそれでいい」とばかりにわがままにふるまうのは、人間関係を壊す原因になりますし、何より自分のためにならない気がします。

イライラしたり悲しかったりプンプン怒ったりしてしまう自分の感情を認めるのは大切なことだと思いますが、すべての人にその感情を押しつけてはいけないのでは？

イライラして関係ない人に八つ当たりしたり、悲しいからといって何もかも許されるような態度でふるまったり、突然、怒りを爆発させたり……。

これは、社会で生きていく大人にとって許されないことではないでしょうか。

家族、親友、恋人など、ありのままの自分をぶつけていい相手と、そうでない相手はきちんと区別する。なかなか難しいことですが、TPOも意識するようにしています。

ポイント二 ありのままと、開き直りは似て非なるもの。

これはわたしの失敗談です。

「自分のままでいい。ありのままでいこう」と思ったわたしは、『バイキング』というフジテレビ系列のバラエティ番組で、料理ができない自分を全開にしました。

欠点や弱さを含めて自分をさらけ出したことが、潔く思えて気持ちよかったし、「料理が下手な小林麻耶っておもしろいね」とみんなが言ってくれたので、楽しんでいたのです。

でも、よくよく考えてみると、ただの勘違いでした。

ただ「できない」ということを表現しただけで終わっていたためです。

ありのままの自分は料理ができないけれど、わたしとしてはそれに満足していなかった。いずれは料理上手になりたかったのです。

「できない自分」を認めるのは、小さな一歩。

でも、そのまま「できない！」と開き直ってしまったら、小さな一歩で終わりです。

「いまはできない。でも、これからできるようになりたい」

これがわたしの目指すところであり、もう一歩踏み出すことです。

しなくていいがまんをやめて、ありのままの自分を自分で認めたら、開き直るのではなく、なりたい自分を目指したい。わたしはそう考えています。

そうすれば「ありのままの自分」が、もっと好きになれると思うのです。

Chapter 2

自分らしくいられる人との距離感

「人生を友だちの数で計る」をやめる

「麻耶ちゃんって、友だちがいなそう」

ＴＢＳ時代にもフリーになってからも、そう言われてきました。

たしかに小・中学生時代を転校生として過ごしたわたしは、「長く深くつきあって、なんでも知っている仲間」というのがいませんでした。転校したらお別れ。年賀状のやりとりはしても、メールやＬＩＮＥのない時代、関係は……。

高校は留学のために一年留年したので、ずっと一緒の友だちはできませんでした。

こうしてわたしはいつしか、「新しい人とは知り合ってすぐ親しくなれるけど、長くつきあうのは苦手」と、自分でも思うようになりました。

TBS時代は仕事があまりにも忙しくて、大学時代の友だちとすら会えない。「本が友だち」という時期がほとんどになってしまいました。

親友と呼べる人はせいぜい四人。これはあまりにも少ないんじゃないだろうか?

「友だちが少ない＝自分が人間としてあまり魅力的ではない」

そんな考えが頭を占領しはじめました。自分に魅力がないから人が集まらず、友だちができない。わたしが悪いんだ……みたいな堂々巡りです。フリーになってからも、「友だちがいないでしょ」といじられるたびに、コンプレックスが頭をもたげました。

ところがあるとき、思ったのです。わたしは友だちを、数で計っていると。

そしてその原因は、なんと幼い頃に聞いていた童謡にあったのです。

「一年生になったら、一年生になったら、友だち一〇〇人できるかな」

目標を与えられ、努力してクリアするのが大好きなわたしは、あの歌で友だちをつくろうと張りきりました。ところが一年生のときも、学生時代も、ＴＢＳのときも、フリーになってからも、友だちは一〇〇人いない……。

しかしよく考えてみれば、一〇〇人友だちがいたとしても、そのなかで「本当の友だち」と呼べる人は何人いるでしょうか？

ＳＮＳでつながるだけの関係を増やしてもそれは本当の友だちではないでしょう。友だちは、大切な何人かがいればいいいし、問題は数じゃない。あの歌は、「一年生になったら、友だち一人できるかな」と変えてもいいくらいだと感じました。

それにはまず、自分が自分と友だちになること。

たくさん友だちをつくろうと、無理をしてみんなに愛嬌《あいきょう》を振りまかないこと。しなくていいがまんをせず、そのままの自分でいれば、それに合った人と縁ができるはずです。

友だちは数じゃない。
人脈やつきあいの広さは、
じつは意味がありません。
本当の友だちをつくりたいなら、
まずは自分自身と
友だちになりましょう。

「無理してまわりに合わせる」をやめる

「ぶりっ子」というのは、本当の自分と違うかわいいキャラを演じること。

そしてわたしは『ブリカマぶるーす』という歌で歌手デビューを果たしたほど、「ぶりっ子」の典型のように思われていました。

大きなジェスチャーに笑顔で、「おはようございます！」とテンション高く挨拶するわたしを見て、「媚《こ》びてるね」と言う人もいます。

ところがわたしにとっては、「ぶりっ子」の仕草こそ、素の自分なのです。

これはなかなか理解してもらえず、いまもしてもらえません。ＴＢＳの新入社員の頃は「なんだあの挨拶は」と注意されることもしばしばでした。

そこで、低めの落ち着いた声で「おはようございます」と静かに伝える練習をしました。まわりの人と調和するために、「クールぶりっ子」をやったのです。

それでみんなに溶けこめたかと言えばそんなこともなかったので、無理をして人に合わせるというのは、「しなくていいがまん」だったといまは感じます。

わたしの例はちょっと特殊かもしれませんが、女性なら誰でも、まわりの人に合わせて、調整しているのではないでしょうか。

たとえば、あまり気が進まない女子会や、ママ友の会、合コンなど。

最近は忙しくて疲れているし、行ってもあんまり楽しくなさそう。できればうちでのんびり海外ドラマでも見ながら、だらだらしていたい……。そんなこと、みなさんも一度は経験があると思います。

それでも嫌われたくないから、「とりあえず行く」という選択をしたりします。

ただみんなに足並みを揃えて、つきあいよく、人に合わせる。これを全くしないで

「わたしは行かない」ときっぱりことわれるつよい人は、ほんの一握りではないでしょうか？

そこでわたしが決めたのは、「行きたくないけど行く」という、中途半端ながまんをやめること。「本当は行きたくない」という自分の本音はがまんせず、認めてあげるのです。

しかし、「いろいろ考えたけど、今日は行ったほうがいい」と思うのなら、「自分が決めたことなら、これはこれで楽しもう」と割り切ります。

なんなら「来たくないのにちゃんと来て、参加している自分……えらいぞ！」と、こっそり自分で自分をほめてしまうのです。

行きたくないのも自分だし、行くと決めたのも自分。

どちらの自分も尊重し、どちらの自分にも責任をもつということです。

これなら、まわりに合わせて自分を見失うことにならず、ストレスだってたまりません。

絶対に人に流されない。
そんな一匹オオカミはかっこいい。
だけど、いきなり目指すと失敗します。
何回かに一回はことわってみましょう。
コツは、自分の正直な気持ちを
いつもきちんとわかってあげること。

「曖昧な〝ノー〟」をやめる

「う〜ん、行けたら行くね」

気が進まない集まりに誘われたとき、こう答えることはないでしょうか？

バシッとことわると気まずいから、ついつい遠回しにことわる。

でも、それがうまく伝わらないと、本当は行きたくないのに、しなくていいがまんをして、嫌々行くことになってしまいます。あるいははっきり答えないまま当日になり、「急に熱が出ちゃって」と適当な嘘をつく羽目になるかもしれません。

でも、その曖昧な気持ちは相手に見抜かれてしまうもの。「本当は気が進まないんだな」と、相手も嫌な気持ちになります。

これはわたしもたくさん失敗したから思うのですが、そんなときは正直に言ったほうが、相手は受けいれてくれます。

「すごく行きたいんだけど、疲れていて体がつらいから、今日は家にいるね」

「その日は、旦那さんと子どもと過ごしたいんだ。でも次回も絶対に誘ってね」

みんなが正直になったほうが、お互いが気持ちよく過ごせます。

参加しないと顰蹙《ひんしゅく》を買うのでは？　と心配かもしれませんが、そんなことはありません。

「あの子、最近つきあいが悪いよね。家族とばかり過ごすなんてありえない」

もしも本当の友だちなら、こんな陰口を言うほうがありえません。「そうだよね、家族でゆっくりしたいよね」と、わかってくれるはず。

行かないことで顰蹙を買うというのは自分自身の思い込みで、人はそんなに細かいことまで気にしていない……わたしはそう思います。

それに万一、「つきあいが悪い」と責めてくる人がいるとしたら、それは友だちでも仲間でもない気がします。

がまんせずにはっきりことわったほうがいいシーンはまだあって、典型的なのが男性からのお誘いやセクハラ。波風がたたないようにやさしく「やめてくださいよ〜」と言ったのでは伝わりません。相手を傷つけないように、その場をうまく取り繕おうとすると、「嫌よ、嫌よも好きのうちだよね」と勘違いが生まれ、自分がしなくていいがまんをする以上の、深刻な事態を招くかもしれません。ですからわたしは言葉ではっきりと、「ノー」の理由を説明するよう心掛けていました。

「二人で夜のお食事は行けません。だってお子さんが生まれたばっかりじゃないですか。奥さまも待っているから、早く帰ったほうがいいですよ」

「わたしはお酒が飲めないから、昼間にみんなでランチをしましょう」

セクハラでない仕事上のおつきあいの会でも、「明日は朝が早いので一次会で失礼しますね」と、あらかじめ時間を区切るという工夫もできます。

やさしく曖昧な「ノー」は、自分にも相手にも不誠実な結果を招くと思うのです。

やさしさとは、
ずっと笑顔でいることではありません。
相手に対して正直であることが、
本当のやさしさです。
「ノー」を言わなくてはならないなら、
正直な「ノー」を。
曖昧な「ノー」は逆に相手を傷つけます。

「無意味な謙遜」をやめる

誰かにほめられたら、秒殺で「そんなことないです！」と切り返す。あなたには、そんなクセはないでしょうか？　わたしには、ありました。

かわいいとほめられたら、「えーっ、そんなことないです。わたしなんて」。脚がきれいだとほめられたら、「色気ないですよね、胸は小さいですし」。

とにかくほめ言葉を全力で打ち消して、謙遜するのが正しいと思っていました。

「麻耶ちゃんって、全然、受けとってくれないね」

ある年上の女性に言われたことがあります。

「ほめてるの、聞こえてる？　本心からほめているのに、全く受けいれてもらえなかったとき、こっちがどんな気持ちになるかわかる？」

この言葉には、衝撃を受けました。人のやさしい気持ちを受けとめないなんて、自分はなんという傲慢で失礼な態度をとっていたのかと、恥ずかしくなりました。

父に昔から「まだ学びの途中なのだから、ほめられても、うぬぼれずに謙虚でありなさい」と言われていたので、それを守っているつもりでした。

でも、相手がせっかく「いいね」と言ってくれているのに「全然そんなことないです！」と目の前でがしゃんとシャッターを下ろすのは、謙虚さではなかった。

ほめられることに対する自分の照れくささをごまかしたり、相手のほめ言葉を「嘘でしょ？」と疑ったりしていることが原因で発してしまう、「無意味な謙遜」だったのです。

素直な自分でいられたら「わあ、うれしい！」と子どもみたいに喜べるはずなのに、自分を押し殺すというがまんがクセになっているから、つい「そんなことありません」が出てしまう……。気がついたら、やめるのが一番です。

わたしは、自分と同じように、ほめられると否定してしまうクセがある友だちと一緒に、「無意味な謙遜をやめる練習」をしました。

いきなり「わー、ほめられてうれしい！」と反応するのは難しいので、まず「ありがとうございます」と相手の気持ちを受けとり、その後に、「そんなこと言っていただいてうれしいですけど、まだまだ勉強中です」とつけ加えるという練習です。

仮に嘘でもお世辞でも、いい言葉をいただいたことに対して「ありがとうございます」。冗談だったとしてもお礼を言えば、お互いに嫌な気持ちにはなりません。

ほめられたら、ちゃんと受けいれる。

それはうぬぼれではなく、相手を尊重することだと思っています。

やさしさを受けとるのに慣れてくると、
いっぱいやさしくしてもらえます。
ほめ言葉へのお返しは、
素直にたくさん喜ぶことです。
「自分の気持ちを受けとってもらえた!」
それだけで渡した人は
うれしい気持ちになれるのです。

「人の悪口を言わない」をやめる

人の悪口なんて言ったことがないし、噂話も陰口も大嫌い。

そんな人はすごいと思うし、憧れるけれど、わたしには無理です。

自己啓発書を書くトップレベルの人たちは、「マイナスな言葉は言わないように、プラスな言葉に変えよう」なんてことを説きます。ですが、それはいろんな勉強をして、精神的に高いレベルになっているからできることで、凡人の自分には不可能だとも感じます。


正直に言えば、わたしにも嫌いな人はいるし、普段は仲良くしている友だちや、大切なはずの家族の何気ないひとことで、ついむかむかしてしまうことだってある。

悪口は言わないほうがいい、マイナスな言葉を発さないほうがいいというのは、やはりがまんだと思うのです。

そこでわたしは、「悪口を言わない」というのを、しなくていいがまんに認定しました！

心のなかでもやもやしながら「あの人のここが嫌、あのふるまいが嫌、本当にむかつく」と思っていると、余計に嫌な気分が増幅します。

だから悪口は、早めに口に出してしまっていいのではないでしょうか。

ただしルールは必要で、映画に出てくる意地悪な女子軍団みたいに、何人かで固まって、そこにいない人の悪口をこそこそ言うのは最悪です。

SNSを嫌なかたちで活用して、匿名であるのをいいことに、あれこれ悪口を書きこむのも、いっときスッとする代わりに、自分がみにくくなりそうです。

そこでわたしがやっているのは、一人で悪口を言うこと。

というか、叫ぶこと！

自分の部屋に入り、ピッタリ窓とドアを閉めると「大っ嫌い！」とか「むかつく、むかつく、むかつく!!!」と女子中学生みたいに叫んでいます。

あまりにむかつきが激しくて声が大きくなりそうなら、一人カラオケに行って防音設備つきのところでやります。

それからむかつく理由も叫ぶのですが、なぜかたいしたことは言えないのです。「あのときあんなことを言った」というのをひとしきり言うと、だんだん悪口のネタがなくなってきて「バカ、バカ！　バカ！　カバ！」と、小学生以下の言葉しか出てきません。子どもみたいなことを言っている自分の声を自分に聞かせるのがポイントで、だんだん笑えてきます。

こうなればもう、しめたもの。悪口デトックスは完了です。

悪口をがまんしないことで、心のドロドロがスッキリ洗い落とせます。

嫌な気持ちは、瞬間、瞬間に、
湧きでてくるもの。
がまんしてその感情を抱えるのは心に毒。
その瞬間、その瞬間、
「つかんで捨てる」を繰り返す
悪口デトックスを
自分なりに工夫して行いましょう。
スッキリした心を保てます。

「気を使ったつくり笑い」をやめる

高校時代、わたしが留学したのはアメリカのノースカロライナ州。衝撃を受けるほどの田舎で、当時は人種差別もあったのでしょう。空港に迎えにきてくれた車のなかで、ホストファーザーが言いました。

「彼氏とか恋愛は自由だけど、絶対に黒人はうちに連れてこないで」

学校までの道のりも、白人と黒人は別々のバスで移動するのです。

「さあ、バスは二台。〝イエロー〟のあなたは、どっちに乗る？」

こう言われたとき、わたしは両方を選びました。

行きは黒人のバスに乗って、みんなとドンチャン騒ぎ。音楽をかけながら、ポテトチップスを食べて、全員でタテ揺れです。

帰りは白人のバスに乗って、静かに過ごします。宿題をしたかったので、それぞれ音楽を聞いたりしているバスのほうが都合がよかったのです。

これはバランスがとれた全方向スタイルなのかもしれません。とにかくみんなが嫌な思いをしないように、みんなを喜ばせるようにと、考えたうえでの選択でした。

人種問題は難しいものだし、これが当時のわたしの精一杯。たぶん、いまでも同じようにすると思います。でもこういう特殊なケースでない限り、「みんなを喜ばせたい」という態度は、自分に嘘をつき、相手を傷つけることにもつながります。

TBSで新入社員研修を受けたときのこと。明石家さんまさんの『さんまのスーパーからくりTV』内で流す収録前のVTRを見る、という課題がありました。

わたしはガチガチに緊張していました。「テレビ制作の仕事も知る」という意味をもった研修で、アナウンサーとして入局したわたしにはわからないことが多くあり、大勢の現場の人がいるプレッシャーで、ＶＴＲの話の内容もよく聞きとれませんでした。

それでも同期から、「ＶＴＲを見て、笑わないと上司に怒られる」と聞いていた、わたし。

「とりあえず笑ったほうがいい！」。そう思い、全力でつくり笑いをしました。にっこりするどころの話ではなく、一生懸命に大声を出して笑ったのです。

……それはどうやら、全く笑うような場面ではなかったらしく、みんなの前で、「もうやめてくれ。おもしろくないのに笑わなくていいよ」と叱られました。

笑いのプロであるスタッフさんたちは、「おもしろくもないのに無理に笑うなんて」と不服だったと思います。みんなを喜ばせようと嘘をつくと、自分もまわりも全くハッピーになれないと知った出来事でした。

人の数だけ価値観があるのが人間社会。
全員を喜ばせることは、不可能です。
自分を偽ってまで喜ばせようとすると、
顔は引きつり、かえって、
相手を傷つけてしまう結果に……。
つくり笑いは、
誰一人ハッピーにしないのです。

「過度の遠慮しい」をやめる

世間のイメージとは違うかもしれませんが、わたしはかなりの「遠慮しい」です。たとえば彼氏とドライブをしていて、ガムを噛みたいと思ったとき。バッグを探ってもないし、彼氏ももっていない。でも口をさっぱりさせたい……そんなとき、あなたはどうするでしょうか？

わたしは長い間、「ガム忘れちゃった。コンビニに寄って」ということが言えませんでした。ガムのために、わざわざコンビニに寄らせるなんて申し訳ない。それなら自分ががまんすればいい……と、遠慮してしまっていたのです。

若い頃の話ですが、ドライブ中にたまたま「コンビニ寄ろうか。飲みもの買ってくるから車で待ってて。ほかに欲しいものある?」と男友だちに言われたときは、過剰反応。

「えっ、わざわざ買いに行くの大丈夫? 車停められるところある? 時間とか平気? えっ、ほんとに大丈夫? そんなのしてもらっていいの?」

いまから思うと相当にうざい女ですし、飲みものを買ってきてくれたら大喜び。

「えっ、うれしい〜! とってもうれしい! 本当に本当にありがとう!!!」

あまりの喜び方に、「こいつ、俺のこと好きなんじゃ?」と誤解されました。

かなりイタい女……恥ずかしい思い出です。

なにも男女のシチュエーションに限りません。ちょっとしたお願いごとを、言い出せなくてがまんしてしまう。

そんな遠慮グセがある女性は多いのではないでしょうか。

これは「気配りできる」というプラス面もあるかもしれませんが、「自己主張が下手」というマイナス面もあります。なにより、言いたいことをがまんしていると、相手との間に知らず知らずのうちに壁ができてしまいます。

それに気づいたのは、友人に言われたひとこと。

「麻耶はわがままをちっとも言わないから、さびしい」

遠慮するあまり、ちょっとしたお願いごとも避けていたことで、よそよそしい関係をつくっていたことに気づきました。自分はがまんして言いたいことが言えず、相手はそれでわたしとの間に壁を感じている。いいことは一つもありません。

フリーになってマネージャーさんがついてからも、細かいことをお願いするのは気が引けていました。でも、それはマネージャーさんの仕事の一環。遠慮して頼まないほうが相手は心地が悪いと気づいてからは、どんどんお願いするようにしました。

プライベートでも、いらない「壁」を取り払うために、「適度な甘え上手」を目指して練習しているところです。

過度の遠慮は、
奥ゆかしさややさしさではありません。
遠慮の根っこにあるのは、
自信のなさと自己主張の下手さ。
素直にお願いすれば人は応えてくれるし、
ちょっとのわがままは、
相手との距離を縮めてくれます。

「差し伸べられた手を拒む」をやめる

「何かできることがあったら言ってください。助けになりたいです」

妹の病気のことを公表してから、たくさんの方がこう言ってくださいました。

このことは妹にとって、本当にうれしく、励みになったと思います。

日本全国から「この治療法がいいですよ」とものすごい量のさまざまな情報が届き、正直に言えば、混乱した部分もありました。それでも「みなさまが、助けてくれるんだ、やさしいな、あたたかいな」と知ることができたのは、とても大きな感動でした。

みなさまそれぞれ、仕事やご家庭のことがあるのに、「何かしてあげたい」と手を差し伸べてくださるのです。

そして同時に、これまでの自分について、反省させられる機会でもありました。

「いままでわたしは人を疑っていた。ちっとも信用していなかった」

そう気がついたのです。

「妹ががんになった」と誰にも言えなかったのは、Chapter1で書いた通り「家族だけでがんばろう！」と決めたのが大きな理由ですが、それだけではありません。

こんなつらい話を聞かされたら相手は耐えられないのではないか……。

この苦しさを背負わせることになるのではないか……。

そんな恐怖心が大きかったのが、打ち明けられなかったもう一つの理由です。

たとえば毎日行動を共にしているマネージャーさんは、何も事情を知らせていなくても、「最近しょっちゅう海老蔵さんの家に行って、姪や甥の世話をやたらにしているな」と、わたしの変化に気づいていたはずです。

週刊誌に「海老蔵宅に入り浸り！　歌舞伎役者を紹介してもらっている姉」と勝手

な推測を書かれたとき、いつものようにちゃんと説明しないわたしに、まわりは違和感を抱いていたかもしれません。

それでも言えなかったのは、マネージャーさんにも友だちにも「妹ががんだなんて重い話を、受けとめてもらえないだろう」と決めつけていたから。

いいえ、まわりの人たちみんなに対しても同じでした。

「重たい話をしたら、いつもと同じ態度で接することができなくなりますよね」

そんな判定を下しているのと同じことを、わたしはしていたのです。

人に頼れない心の根っこに、相手を信じきっていない「疑う心」が潜んでいる……。とても失礼で、悲しいまちがいだと痛感しました。

人に頼るのは、その人を信じることです。

人に頼らないのは、その人を疑うことです。

それならわたしは、疑うのをやめて、素直に頼りたいと思いました。

公表後も、自分があまりにもいっぱいいっぱいで、何に困っているかもわからない状態だったために、上手に頼ることはできませんでした。自分の状況がきちんとわかっていないと、人に何かをお願いすることもできないということでしょう。

それでも、たくさんの人に助けていただきました。

食事をつくる余裕もないとき、助けてくださったお料理が得意な大学の友だちや、友だちのお母さま、友だちの彼氏。

体にいい食品を教えてくださった、妹と同じ病気と闘っている方たち。

少し落ち着いてから思ったことですが、「この人にはこれを頼もう」とか「この人にこんなことを頼むのは無理」とか、自分で決めつけないほうがいいのかもしれません。

それぞれに、助ける準備をしてくれている人がいる。だから自分はただ「いま、こういうことに困っています」と素直に言えばいいのではないでしょうか。妹は命にかかわる大きな問題でしたが、日常の小さな問題でも同じだと感じます。

たとえば「風邪《かぜ》をひいて買いものもできないし子どもの世話もできない……」というとき。

「Aさんは手伝うよと言ってくれるけど、子どもの世話は無理だよね。Bさんは、忙しくて何か頼んだら悪いかな」とあれこれ考えて黙っているのは、相手の「できること」について、神様にでもなったみたいに判定しているのと同じです。

ただ「体調が悪くて困っている」とだけ言えば、手伝おうという気持ちがある相手は、自分が得意なこと、自分にできることをやってくれます。

そして、相手が何もしてくれなくてもいいのです。

わたしが思いきって妹の病気を打ち明けたとき、友だちは絶句しました。

何も言わず、ただ黙って聞いていてくれた。それがどんなに救いになったことか。

疑うのをやめて、人を信じれば、相手が寄り添ってくれる。

妹のおかげで、わたしはとても大切なことを学んだのだと思います。

大事な人が困っているとき、
自分にそれを打ち明けてくれなかったら、
さびしい気持ちがします。
それと同じことを
相手にしてはいけないと思うのです。
誰にも頼らないで一人で抱えこむのは、
相手を疑っているのと同じことです。

相手を傷つけるひと言は のど元でぐっとこらえる

□友だちは一〇〇人いなくていい
□無理してまわりに合わせなくていい
□「ノー」ははっきり言っていい
□「無意味な謙遜」はしなくていい
□人の悪口を言っていい（言い方に工夫を）
□くたびれるつくり笑いはしなくていい
□過度の遠慮はしなくていい
□困ったときは人に頼っていい

……でも、「したほうがいいがまん」もあります。

しなくていいがまんをやめて、なんでも正直に言う。

自分らしい人間関係を目指す。

このとき勘違いしないように、自分なりに気をつけているポイントが三つあります。

ポイント一　相手を全否定しない。

人間関係はなるべくストレートに、正直にすることが大切。かと言って、相手のことを全否定しないように注意しています。

神様ではないから、わたしにも苦手な人や嫌な人がいます。また、仲のよい人のふるまいが気になってしまうこともあります。

でも、いくらむかついても、嫌いでも、その人に傷つけられたとしても、それは「自分がそう思う気持ち」であって、全部が自分の問題。相手の問題ではありません。自分が嫌いでもその人のことを好きな人もいます。

だから「この人は人としてダメだ」などと全否定するのは、違うのではないか、と思っています。

ポイント二 傷つけることは言わない。

思ったことを正直に言うべきだけれど、それはなんでも言っていいということではないでしょう。

太っているとか、気持ち悪いとか、つまんない人とか、子どもでも言わない言葉は誰だって口にしないと思いますが、マイナスな言葉を相手に言う場合には配慮が必要だと思います。たとえば誰かの体のにおいが気になったとしても、デリケートな問題なので、そこはこちらががまんするようにしています。

ポイント㊂ ときにはやさしい嘘も必要。

全部正直に言えたらすばらしいと思うし、親友にはかなりそうしています。それでも距離感がある人たちや仕事関係の人には、ときには嘘も必要。それが人間ができるわざなんじゃないかなと思っています。

嫌なものは嫌だけど、「嫌です！」と動物みたいにわめくのではなく、ちょっとオブラートに包むのは人の知恵です。いきなり、「わたしは上司にすっごいがまんをしてたんだ！」とあれもこれも言い出したら、ただの情緒不安定だと思われてしまうのではないでしょうか。

自分に正直に、人にやさしく。そんな女性になりたいと思っています。

Chapter 3

がんばらない働き方

「一生懸命になりすぎる」をやめる

ＴＢＳ時代、わたしは定年退職するまでのキャリアプランを描いていました。

――入社直後にバラエティ番組に出ることになったし、二〇代はたぶんその路線だろう。でも、それは若いうちのことで三〇代になれば落ち着くはずだから、先輩方からアナウンス技術を学びたい。技術が伴わないうちはいろいろな経験を積んで、実力が伴っていないというギャップを努力で埋めよう。

四〇代は報道番組。

五〇代になったら後輩を育てたい。

定年までには番組からは退くことになるだろうけれど、アナウンス部長は違う部署から来た人がやるほうがいい気がするから、アナウンススクールの校長を目指すぞ……。

我ながら相当に堅実。会社が大好きなので、結婚・出産しても働くと決め、TBSに貢献したいと、人事査定も意識していました。

すでに書いた通り、わたしは目標を設定してクリアするのが大好きなのです。だから学生時代の勉強は苦になりませんでしたし、体育祭や文化祭など、決められた期日までがんばるのが楽しくてたまらないタイプ。

そして大学時代まで、それはうまくいっていたのです。なぜなら受験もテストの点数で決まります。

しかし、仕事の評価というのはそんなに単純なものではありません。

さらにわたしは「人が一〇〇人いたら一〇〇人に好かれたい」という気持ちを仕事

にも持ちこんでいたので、余計に目標クリアは難しくなりました。

テレビの向こうにはあらゆる価値観の人がいて、評価の基準はさまざまです。また、バラエティ番組にかかわることが多かったので、余計に難しく思えました。スタッフのなかには「今日のその衣装、かわいいね」と軽いノリでほめてくださる方もいましたが、わたしが認められたくて努力したのはアナウンス技術のほう。つたなかったと思いますが、先週が仮に六〇点だったら六一点になるよう必死だったのに、そこは華麗にスルーされてしまう……。

もやもやした気持ちが、知らず知らずのうちに積み重なっていきました。

わたしには、「やりたい！」と思う番組もたくさんありました。その番組でがんばることでＴＢＳに貢献し、視聴者のみなさまにＴＢＳをより好きになってもらって、スポンサーさんがたくさんついて、みんなのボーナスが増える……そんな壮大なことを目指していたわたし。

「自分が有名になりたい」とか「人気者になりたい」という気持ちは、きれいごとではなく、全くありませんでした。

「アナウンサーはTBSの広告だ、看板だ」という上司の言葉を信じていましたし、アナウンス部での評価より、会社員としての評価が大事だと思っていました。

ところがわたしは自分の目標に集中するあまり、まわりが見えなくなっていたのです。「どんな番組をやりたいの?」と聞かれたとき、「『チューボーですよ!』を担当したい」「レコード大賞の司会をするのが夢です」と素直に全力で答えていました。いま、その番組を担当しているアナウンサーが卒業しなければならないことまで考えていませんでした。

わたしが「調子に乗っている」と非難されたり、「媚びて仕事をとっている」と言われていたのには、「目標クリアにこだわりすぎるクセ」にも一因があった……いまはそう感じます。

目標をもつのは悪いことではありません。しかし、目標クリアに集中しすぎると、人に気を配れなくなる危険があります。

もし、まわりの人のことまで思いやることができたら、わたしの働き方はずいぶん違ったでしょう。なぜなら仕事の成功というのは、自分だけ目標を達成すればうまくいくのではなく、みんなのバランスの上に成りたつものなのですから。

また、目標クリアにこだわることは、視野を狭め、自分自身のプライベートを犠牲にすることでもありました。いくら好きでも仕事一〇〇パーセントになってしまうと、自分自身を追いこむことにつながります。「目標に集中して、あとはすべてがまん！」という状態になったら、なんのための目標かわからなくなります。

ブラックな働き方が問題視されていますが、一生懸命になりすぎる人は、その現状に自覚のないまま自分で自分を働かせすぎてしまうこともあるでしょう。

わたしと同じように仕事が好きな人は、目標に集中するあまり、無意識に自分にがまんをさせていないか、ときどきチェックするといいのでは……と感じます。

その目標はなんのため?
自分とまわりを幸せにできる?
目標に全力疾走するばかりでなく、
ときどき立ちどまって、
こう自分に聞いてみると、
本当に大事なことを見失わずに
すむのではないでしょうか。

「絶対に謝らない！」をやめる

仕事をしていると、どう考えても理不尽なことで怒られることもあります。

「わけわかんないことを言っているのは上司のほうで、こっちは絶対に悪くないんですよ。だからがまんして、『ごめんなさい』なんて言って折れたくない」

後輩にこんな相談を受けたことがあり、なるほどなあと思いました。

謝ることが、負けたようでプライドが傷つくと思っている人。

正しいかまちがっているかを、一つ一つきちんと考えたい人。

そういう人は、謝るのが嫌なんだろうな、と感じたのです。

わたし自身はすぐに謝るし、むしろ謝りすぎてしまうタイプですが、後輩の相談を聞いて、アメリカに留学していた頃に注意されたことを思い出しました。

「マヤは“Sorry”を言いすぎる。せいぜい“Excuse me”でいいのに!」

“Sorry”と謝りすぎるのはよくないという注意でしたが、逆に言えば、“Excuse me”ならもっと使っていいということなのです。

「まちがっていました、ごめんなさい」と心から認めて謝ろうとするのが“Sorry”。この場合、自分の「正しい」と思う心を曲げて、相手の「まちがっている」と思う意見を受けいれるというがまんをしなければなりません。

しかし、“Excuse me”は、「あっ、失礼」といったくらいの軽さがあります。「自分の正しさ/相手の正しさ」について白黒つけるのではなく、「あなたの気分を害したことに対して、ごめんなさい」というように使えます。

だから後輩には、「“Excuse me”のつもりで、軽くごめんなさいを言ったらどう?」とアドバイスをしました。

自分の正しさをがまんすることなく、相手が気分を害したことについてだけ、さらっと謝罪する。つまり「どちらが正しいか」と白黒つける気持ちは横においておき、相手の気持ちについてだけ謝るのです。

価値観というのはいろいろだから、「正しさ」を巡って戦うというのは、お互いに相当な覚悟がいります。

「これだけは！」と自分が絶対に譲れないことで戦うのはありだと思いますが、日常的に戦っていたら、自分も相手も疲れますし、むだに傷つくことが増えてしまいます。

だから小さなことなら、「どちらが正しいか」にこだわるのをやめて謝ってしまう。

そして、「この人はこれが苦手で嫌いなんだ。このポイントで怒るんだ」ということを知っておけば、意味なく衝突する事態を避けることができます。

「正しい／正しくない」を主張したり、
「勝ち負け」にこだわるのはやめる。
なぜなら「勝つ」の最上級である
「優勝」とは、
「優しさが勝る」と書きます。
「謝る」というやさしさが、
すべてを包み込むのです。

「わたしなんてまだまだダメ」をやめる

「ライバルは、フジテレビさん」というのがTBS時代のわたしの思いでした。

当時のフジテレビでは高島彩さんと中野美奈子さんが二枚看板ですばらしい活躍をしていたので「わが社もこれに対抗しなくては！」と思い、後輩が入ってくるたびに自分のペアになってくれる人を探しているようなところがありました。

「わたしにはアナウンス技術もないし、頭もそんなによくない。それでもたくさんの番組を任せていただいている。後輩のあなたはすごく魅力があるんだから、できないわけがない。わたし以上にできる」

ぺんた
ぺんたのぼうけん
これから読むよぉ
ぺんたのぼうけん
読んでるよぉ♪
ぺんた

ぺんた栞の使い方

ななめに挟んで
写真を撮ってねぇ〜!

ペンギン飛行機製作所
penguin airplane factory

公式サイト:penguin-hikoki.com
instagram:@penguinhikoki

そんな思いでいたから、後輩に「仕事のことで行き詰まっていて……」と相談されたときも、アドバイスはかなり戦闘モードでした。

「全然、大丈夫！　わたしごときができるんだから、あなたにできないわけがない」

後輩の悩みに対して答えるというより、単に「わたしはこんなふうにしたよ」と、押しつけているような状況。後輩たちは、「麻耶さんだからできるんです」と言って、それ以上の相談をしてこなくなりました。

どんな仕事も、人それぞれやり方は違います。それなのに自分のやり方を押しつけたら、相談に乗っていることになりません。

さらにわたしは、自分自身をちゃんと認められていませんでした。

あまりに理想が高すぎて、「まだまだダメだ！」と自分を必要以上に過小評価していた……。だから、後輩のことをきちんと見ることができなかったのです。

自分を認めず、心のどこかで否定していたら、みんなと協力してチームでうまく仕事をしていくことは難しくなります。

なぜなら、自分を認められない人は他人も認められないからです。

また、チームで仕事ができなければ、自分も成長していけません。それは、明石家さんまさんのように、「人の弱さも、欠点と言われる部分も含めて魅力として認め、チームを盛り上げていく」という天才を見て学んだことです。あれだけの天才だからこそ、自分もチームも同じように尊重しているということでしょう。

「あなたはこの役割を、ちゃんと果たしている」と相手を認めるには、まず自分が、「自分もこんな役割を、ちゃんと果たしている」と認めなければいけない……。

そこでわたしは、考えを改めました。

「わたしごときが」という謙遜をする前に、「ここはがんばっているよね」と自分自身を認めてあげる。これこそ、自分に対して必要以上にきびしくしないと同時に、チームの人たちとお互いに認め合う第一歩だと思っています。

人にきびしい人は、
自分にも必要以上に
きびしくしていないか、
見つめてみる。
理想はすばらしいことですが、
理想にこだわりすぎると
自分もまわりも不幸にします。

「わかっているふり」をやめる

アメリカに留学して驚いたのは、「どんどん違う意見を出しあって、最善をつくる」という文化。ほぼ全員が賛成しているところに反対意見を言っても歓迎されます。「違う刺激を頭に入れることで、新たな世界が広がる」という感覚があるのです。

ところが日本は、「全員一致で決まりました！」というのがいいとされる文化です。

そこで困るのが、「わたしは大賛成じゃない」というとき。

反対意見を言うか、無理やり「わたしも賛成です」と言うか、悩ましい。

わたしはこんなとき、がまんして「わたしも賛成です」と合わせないようにしています。たとえ最終的に多数決で決まるのはわかっていても、自分の考えを無視してとりあえず合わせていると、実際に企画が動き出したときに、全力投球することができなくなるためです。

だから「ここはちょっと……」と思う部分は、がまんせずに正直に言うのです。

しかしこれはケース・バイ・ケース。発言を求められていないし、「ここはちょっと……」が軽いものだったり、自分がさほど関係しないプロジェクトだったりしたら、黙っているというのも「あり」だと思います。

さらにわたしは、「意見がないときは〝意見がない〟でいい」とも考えています。

ただし、ひたすら下を向いて黙っているのは、参加していないようでよくないので、顔を上げて「意見がないという参加」をすればいいのではないでしょうか。

たとえば、『バイキング』で、安保法案の賛否について取り上げられたとき、わたしは事前に専門家に話を聞いて、勉強したのですが、番組が始まってもなお賛成か反対か決められずにいました。

そのため正直に「賛成か反対か、〝わかりません〟」と言うと、司会の坂上忍さんから「まだ選べないの？」とツッコミが入ったのです。

しかし、わたしは不透明な部分が多すぎるのに、いい加減なことを言うのは意見ではない。それに、まわりの空気に合わせて話しても、何より誠実さに欠けると思ったのです。

そこで「わからないと思った理由は……」ときちんと説明したところ、視聴者のみなさまから大反響。スタッフさんからもあとで「よく言った！」とほめていただけたのです。

それをきっかけにわたしは「わからない」と言っていいのだと感じました。

たとえわからなくても「わからない理由」があれば、それも意見になるのですから。

賛成じゃないのに賛成する。
どこかで聞いた誰かの意見を、
自分の意見のように言う。
これは結局、自分に嘘をつくことに
つながっていきます。
そこまでして、言うべきことなど
ない気がします。

「世間一般はこうだから」をやめる

わたしはお料理が苦手です。

正直に言えば、苦手というレベルを通り越しているかもしれません。

それでも食べるのは大好きだし、実際に必要なことだからがんばろうと思っていますが、数年前に比べたら、「がんばろう」の度合いは違います。

肩の力が抜けた、「がんばろう」。

それなりにできるようにはなりたいけれど、「何がなんでもやらなきゃダメなんだ!」という悲壮さはありません。

これまでのわたしは、「〝普通〟の女性はお料理くらいちゃんとできなくちゃ」と、

「普通」にこだわっていたのです。

「普通」を優先して、料理ができないという素の自分を責めていました。

「普通」に無理やり合わせるというのも、しなくていいがまんだと思います。


わたしの友だちにも、家事いっさいが苦手な子がいます。仕事はかなりできて、相当に優秀だけれど、料理も掃除も、できないというか、したくないというのです。

彼女はそれを彼氏にオープンにしていて、同棲時代から何もしませんでした。

四年間の同棲生活で、彼女がつくった料理はカレーライス、オンリー。それも一度つくっただけ。あとは全部、彼がやってくれました。

ただしその彼は、ブツブツ言いながら、がまんして家事をしていたのではありません。単純に、「苦手だし、やりたくない」という彼女が、正直でかわいいと思ったとのこと。

さらに彼は仕事もできたけれど、家事全般がとっても得意な人だったのです！

結婚後、彼は仕事を辞めて専業主夫になりました。

彼女は相変わらずバリバリ働いていて、疲れて帰ると、ぴかぴかのお部屋と、ふんわり洗われたタオルと、おいしい晩ごはんが待っています。そしてふわふわのお布団で一日を終えるのです。

「想像もしていなかった」と二人は言うけれど、彼女は大満足だし、彼も仕事をしていた頃よりいきいきしています。新しいベストバランスが生まれたのでしょう。

誰が決めたかもわからない「普通はこうだから」に縛られて、お互いががまんして中途半端に何かをするより、お互いの得意を一〇〇パーセントやったほうが幸せという例だと思います。

最近では余裕ができたのか、彼はアレルギーがある人のための「小麦粉、卵、乳製品なしのお弁当」を開発中。試食させてもらったら、びっくりするほどおいしい。新しいビジネスが、得意から生まれる可能性もあるのです。

「普通はこうだから」と、しなくていいがまんを、しなかったおかげで。

「普通の女性はこうだから」
「普通の家庭はこうだから」
そうやって苦手なことを、
無理にしなくていい。
「普通」なんて、本当はどこにもないし、
もっと得意な人が、
代わりに楽しくやってくれるから。

「陰口なんて気にしない！」をやめる

「若い女子アナなら、ある程度は仕方がない」といろいろな人に言われましたが、週刊誌にありもしないことを書かれるのは苦痛でした。

それと同じように困りはてたのが、女性同士の陰口。

「いろいろアクセサリーをつけてるけど、全部、男の人に買ってもらったみたい」

「小林さんったら、Aさんがブランドの新作バッグをもってるのを真似《まね》して、同じものを買ったらしい」

どんな会社でもこういう陰口はあるもので、誰が言い出したのかわからずに静かに広まり、自分の耳にも入ってきます。それで二〇代の頃は、けっこう悩みました。

そこですがるように人間関係の本を読むと「人は人。何を言われても気にしないのが一番です」と書いてあります。

気にしない領域に行けたら最高だし、わたしも行きたいけれど、それは無理。

「気になっちゃうものは、気になっちゃう――!!!」

そう思ったわたしは、陰口に対するがまんをやめると決めました。気にしないふりをしたら、余計に自分のメンタルがやられてしまうと感じたのです。

では具体的に、どうすればいいのか……。陰口を最初に言い出した〝犯人〟を見つけるのは難しいし、仮に誰かわかっても喧嘩《けんか》まではしたくない。そこでわたしは、陰口が耳に入ったら、まわりの人、もしくはそれを伝えてきた人に、ボソッと独り言のように言うことにしました。

「最近、リングもネックレスもつけてますけど、全部自分で買ったんですよ～」

「このバッグ、今年の四月に買ってずっとおうちにおいていて、最近やっと使いはじめたんです。真似したという噂があるけど、買ったのはわたしのほうが早かったみたいですね～」

こうして誰か一人にしっかり否定する。

「嫌な噂があって気になっている」と打ち明けられる相手は、会社やママさんグループにも一人くらいいるのではないでしょうか。

こう決めて一番よかったのは、間接的に陰口を言った犯人に「違うよ！」と反論できたことではありません。いかんせん、陰口というのは簡単に消えることはないからです。でもいまでは、陰口が耳に入っても、昔ほど気にならなくなりました。

その理由は「がまんせず、陰口を気にしてもいい」と自分に許可を与えられたからですし、そうすることで自分の感情に決着がつけられるようになったからだと思っています。気になるものは気になるのです。

「何を言われても、人は人、自分は自分」
こんなふうに超然とできる人は
かっこいいけれど、ハードルは高い。
それなら、気にしないようにするより、
「気にしていい」と許可を与えると、
いちいちハラハラせずにすむものです。

「辞める辞める詐欺」をやめる

二〇代も後半に入ったとき、これまでの忙しさから生まれて初めて「人生の目標がわからなくなった」と感じました。この働き方を続けていたら、結婚、出産という女性としての人生がなくなってしまうのではないか。そういう思いです。

ちょうど友だちがどんどん結婚していく時期だったのも理由の一つでしょう。

それでもアナウンサーの仕事は大好きで、「局アナ」というポジションは絶対に手放したくありませんでした。

ある程度、自由な時間をつくることのできるフリーアナウンサーになる、という選択もありましたが、フリーは自分の力だけで勝負していかなければならないし、タレントさんは本当に才能があふれていて、会社員とは別世界の人だ……そう感じていたのです。

その頃わたしは実家に住んでいましたが、「仕事は家庭に持ちこまない」とばかりに、いっさい悩みは打ち明けていませんでした。それでも母があるとき、「そんなに大変なら、辞めたら？」とさらりと言ったのです。

父の転勤が多かったために、家族の結束はつよく、母はわたしのことをすべて見抜いていたのでしょう。「傍《はた》から見るとそんなに疲れてるんだな、わたし」と思い、退社を決意しました。

仕事は大切ですが、自分はもっと大切。アナウンサーとしての人生より、わたしは女性としての幸せを選びたいと思いました。

TBS退社の決意は、「自分を大切にしよう」という理由もあったと思います。

「辞めたいときが、辞めどき」。いま、わたしはそう感じています。

「このプロジェクトを成功させてから」「この仕事が一段落してから」。こんなふうにいつまでも「辞める、辞める詐欺」をしていると、自分すらその言葉に欺かれ、タイミングを逃してしまいます。

辞めたら、「このプロジェクト」は成功させられないかもしれませんが、違う仕事の違うプロジェクトで、あるいは家庭という場の家族というプロジェクトで、もっと自分らしい成功ができるかもしれないのです。

また、「会社に迷惑をかけるから辞めずにがまんしよう」と思っても、案外まわりはわかってくれていたりします。わたしが「辞めたいんです」と告げたときも、いっとき驚いた人もいましたが、最終的には〝超〟がつく円満退社でした。

「小林は本当によく働いた。やりきったから、もういいと思うよ」

そうおっしゃってくれる上司にも恵まれました。フリーアナウンサーとしての初仕事はＴＢＳの報道番組でした。残念ながら一年で打ち切りになってしまいましたが、あの仕事があったからわたしはフリーのキャリアをスタートできましたし、約九年間、フリーのアナウンサーとして仕事をすることができました。

辞めたいときが辞めどき。
「辞められない理由」を考え出すと
キリがないほど浮かんできます。
ですが、「本当はどうしたいのか」を
最優先させた先にこそ
心地のよい暮らしがあるのです。

「仕事は休んじゃダメ！」をやめる

三〇代前半の頃、やっと会えた彼氏の家に行ったときのこと。

「まったりＤＶＤでも見よう」という彼氏に対して、わたしはこう答えました。

「映画を観てる二時間、わたしは隣で明日の収録番組の資料を読んでるね」

とにかく仕事が好きで、休むのが下手だったのですが、それはフリーになっても、三〇代になっても変わらなかった。デートも、友だちとのつきあいも、家族との時間も、「仕事だからごめんね」のひとことで、ほとんどを犠牲にしてきました。

「仕事だから」という言葉は強烈で、いろんなことを、なぎ倒していきます。

近年では、『バイキング』のレギュラーがとくに大切な仕事でした。

「ひな壇」に座るというのは初めてでしたが、さまざまな企画があり、自分の違う面が引き出されるような楽しい挑戦でもありました。ほかのバラエティ番組にも呼ばれるようになり、仕事全体にすごく乗ってきた時期だと思います。

やがて妹の闘病が始まりましたが、番組の出演を楽しみにしてくれていました。

「麻央ちゃんにもテレビの前で見てくれている人たちにも、楽しいランチタイムを過ごしてほしい」

「もし、笑ってもらえたら免疫力が上がるかもしれない」

そう思っていたので、「笑っちゃった！」と妹から連絡が入ると、うれしくてたまらなかった。家族全体を病気が包んでいく非常事態のなか、わたしが日常生活を普通に送っていることが「まだまだ大丈夫」という力になる気もしていました。

ところがだんだん妹の容体は悪化し、残された命についてお医者さんからお話があるという状況になってきました。

収録というのは何か月も前から決まっています。「明日、妹が検査になったんで、休ませてください」とは言えません。

「仕事だから、きちんとやりたい」という気持ちと「妹のそばにいたい」という気持ちの板挟みで、わたしはやがて番組の事前アンケートすらなかなか書けない状態に。

バラエティ番組のアンケートは、本番の材料になる大切なもの。「魂をかけている」と言っても過言ではないくらい一生懸命に取り組んでいたにもかかわらず、です。


「仕事を全部辞めようと思うの。麻央ちゃんのそばにいて手伝いたい」

病室でそう打ち明けると、妹は言いました。

「お姉ちゃんにはお姉ちゃんの人生を歩んでほしい。わたしのせいでお姉ちゃんが好きな仕事を辞めるのは耐えられないし、つらいよ」

妹は穏やかで控えめですが、しっかりしていて芯がつよい子です。きっとそう言うとわかっていたからがんばってきたけれど、わたしは妹ほどつよくはありません。

「麻央ちゃん、ごめんね。気持ちはわかるけど、わたしの心が追いつかなくなってきた。もう仕事ができる状態じゃなくなっちゃったの」

妹は「そんなの、せつない」と泣きました。そして「わたしが病気になっちゃったから、お姉ちゃんまでそんなになっちゃうのは嫌だ」と、言いました。

「みんなに相談もなしに麻央ちゃんに話をしてしまった」

そう謝りながら母に、妹とのやりとりを話しました。

すると母から「そうね、そりゃ麻央ちゃんはそう思うよね。あなたが逆の立場だったら、麻央ちゃんに同じことを言ったんじゃない？」との答えが返ってきたのです。

――じゃあ、麻央ちゃんがわたしだったら、どうしただろうか？　わたしが病気で、妹が仕事をしていたとしたら？

考えても、答えは出ませんでした。考えて答えが出ないなら、心に従おうと、わたしは決めました。翌日、ついに事務所の社長に「心が限界になりました」と自分の状態を伝えたのです。

そして徐々に仕事を減らしていこうと調整を始めた一週間後のこと――。

その日は、『バイキング』の生放送。わたしがひな壇から降りてスタジオの真ん中に行き、次のVTRのためのコメントを言うという段取りでした。立ちあがった時点でめまいがしていましたが、必死で歩き、カンペに書いてあるセリフをなんとか言い終えました。そしてカメラが切り替わったとたん、その場に倒れ、そのまま病院に救急搬送となったのです。

わたしが出演しなくなっても、番組は続いていきましたし、それはあたりまえのこと。友人の話を聞いたうえでの実感としても、「この人がいなかったら回らないいんじゃないか」という人が突然辞めたとしても、会社とは案外回っていくものなのではないでしょうか。

「仕事の場で、絶対に必要な人なんていない。わたしもそれは同じだ。それならどうする?」と考えたとき、「やりたいことをすればいい。それは麻央ちゃんのそばにいることだ」という答えが浮かんできました。

これはわたしがわたしに、「休んでいい」と許しを与えた瞬間でもあります。

「仕事だから」とがまんして、
休まずにやり遂げるのは、大切なこと。
でも、すべてを犠牲にするほど
大事な仕事はない。
仕事では、いくらでも
自分の代わりになる人がいます。
家族のなかで、自分の代わりになる人は
誰もいないのです。

「このくらいなら大丈夫」をやめる

生放送中に倒れるという「強制終了」になってしまったあと、すぐに入院。

手足もしびれていたため、血液検査から始まって全身をくまなく調べてもらいました。ところがくだった診断はただの「過労」。極度のストレスで精神的にまいってしまい、それが体にも影響していたのです。

わたしとしては退院後、すでに決まっている仕事をやり遂げてから休業させていただくつもりでした。ラジオ、ナレーション、原稿執筆、テレビのレギュラーも二本あり、突然辞めたら番組や媒体、事務所にも迷惑がかかります。ところがまるで電池が切れたように体が動かなくなっていました。お詫《わ》びもできずにキャンセルしてしまったことは、本当に申し訳なくて心苦しかった。

「がんばってきたんだから、今回のことは気にしないで、ゆっくり休養して！」

「休んでいる間は待っているから大丈夫。元気になったら出演して！」

番組や出演者のみなさん、助けてくれた後輩はみんなやさしく声をかけてくれましたが、たくさん迷惑をかけてしまったことは、いまも悔やまれます。


ちょうど同時期に妹のがんを公表することになったために、記者が自宅に押しかけているときでもありました。相手も仕事だと思いますが、これもきつかった。

やむなく外出も控えていたのですが、あるとき、ごみを捨てにエレベーターに乗ったら、ジェットコースターに乗ったように目が回って、その場にしゃがみこんでしまいました。

妹が好きなクレンズジュースを買いに行こうとタクシーに乗っても、気持ちが悪くなってしまう。なんとかジュースだけ買ったらお店の前で動けなくなり、道端の花壇にうつぶせになったまま、友だちに迎えにきてもらうありさまでした。

この経験から学んだのは、早めに休むこと。

わたしの場合は限界まで無理をしたので、まわりに迷惑や心配をかけたうえに、自分でもいつ復帰できるかわからない状態になってしまいました。

でも、「ちょっとつらいな」と思った時点でがまんせずにちゃんと休んでいたなら、早めに復帰できたし、迷惑も最小限にとどめることができたはずです。

スマホが完全にバッテリーゼロになると、充電に時間がかかるのと同じことです。

毎日こまめに充電するように、自分も休ませてあげるといいのではないでしょうか。これは風邪や疲労など体の問題でも、心の疲れのような精神的な問題でも同じだと思います。

体は大丈夫でも、
心がくたびれていることだってあります。
「つらいな」と思った時点で、
それは心が叫んでいる証拠。
そんなにがまんしなくていい。
あなたを休ませることができるのは、
あなた自身しかいません。

一度受けた仕事は、最後まで責任を果たす

□目標はクリアしなくていい
□謝ることは「負けを認めること」と思わなくていい
□「わたしなんてまだまだダメ」と思わなくていい
□わかっているふりをしなくていい
□「普通はこうだから」と思わなくていい
□陰口を気にしていい
□辞めたければ辞めていい
□仕事だからと自分を犠牲にしなくていい
□「このくらいなら大丈夫」とがんばらなくていい

……でも、「したほうがいいがまん」もあります。

しなくていいがまんをやめて、自分にあった働き方をする。

仕事よりも自分を優先する。

このとき勘違いしないように、自分なりに気をつけているポイントが二つあります。

ポイント 一 受けた仕事を途中で投げ出さない。

自分の意見は言っていいけれど、受けた仕事は確実にやる。途中では絶対に投げ出さないと決めています。

そのためには、引きうける前に吟味すること。上司の命令でも、「本当にできるかな」と考えたうえで引きうければ、途中で「無理でーす」みたいなことにはならないのではないでしょうか。

逆に言うと、苦手なものはことわるか、それが無理なら事情を話して「このお仕事はわたしの能力だと、こんな感じにしかできないと思いますが大丈夫ですか？　よいやり方があれば教えていただけますか？」と頼んでおきます。あらかじめこの話ができていれば、フォローもしてもらえてやり遂げることができます。

また、わたしは本番中に倒れた「強制終了」のために、唯一にして最大の途中放棄をしてしまったので、そのうえでもちゃんと休むようになりました。

どんな大きなプロジェクトでも、自分の体より大事なものはありません。

ポイント二　ちょっとずつ変わることを目指す。

仕事という公共性があって利害関係がある場で、いきなり「がまんをいっさいしません！」とやると、ほとんどの場合、失敗するのではないでしょうか。

全然休んでいなかったからといきなり長期休暇を申請するのではなく、半日有休をとる。言いたいことをなんでも言うのではなく、まずは言いやすい先輩にだけ言ってみる。完璧主義のあまりつい残業してしまうなら、その日の夜は思いきりだらけて、夜中でも甘いものを食べてしまう……バランスをとりながら、歩きはじめた赤ちゃんのようなベビーステップで、働き方を変えるといいと思います。

Chapter 4

結婚するのに、理由はいらない

「足りないもの探し」をやめる

二九歳で会社を辞めて、三〇歳を迎えたとき、ぎくっとしました。

「わたしの恋愛年齢は大学生で止まっている！」と。


女性の幸せを求めてTBSを退職した時点では「みんな結婚しているから、わたしも結婚するものだ」と思っていました。

三〇代になってからは本気モードになり、食事会に参加してみたり、友だちに紹介してもらったりして、出会いを求めたのです。

「結婚したい」とお願いして紹介してもらった相手と何度かお会いするようになれ

ば、向こうは結婚後の話をしてきます。

子どもはどうするか、仕事はどうするか、住まいはどのあたりがいいのか……。

ところが、そのときのわたしがしたかったのは恋愛でした。

結婚したいのに、結婚の準備が整っておらず、大学生みたいなことを夢見ている自分。振り返れば、二〇代にあまり恋愛していなかったぶんを、取り戻したかったのかもしれません。

大学時代にも、フリーになってからもおつきあいしている男性はいましたが、わたしは長くじっくりつきあうタイプ。恋愛経験が豊富とは言えないのです。

その彼氏とも仕事が忙しすぎてあまり会えなかったし、何より仕事が刺激的でおもしろかった。ロケがたくさんあるから新しいところへ行けるし、映画もたくさん観られるし、デートで行くようなところはすべて仕事で制覇できました。

それに、当時のわたしが求めていたのは、刺激的な相手でした。

なぜなら、バラエティではたくさん笑わせてくれる芸人さん、情報番組では世界情報からデパ地下の流行まで教えてくれるいろいろなコメンテーターや知識人がいます。それほど外見を重視するタイプではないのですが、かっこいい男性は俳優さん、アーティスト、アイドル、ハリウッドスターまでいます。

辛いものを食べているともっと辛いものを食べたくなるように、わたしは「刺激中毒」になっていたのでしょう。笑わせてくれて、なんでも知っていて、わたしを成長させてくれる、それでいて誠実でわたしだけを見ていてくれる……そのすべての要素を兼ね備えた、刺激的で魅力にあふれた男性を求めるようになりました。

当然、そんな映画に出てくるような男性は存在しないので、すてきな人と結婚を前提に会っていても、結局「何か足りない」となってしまいます。

幻想を追いかけてしまったから、結婚までいたるはずもないのです。

「理想の相手」というのは幻想が多々まじっているもので、その点は注意したほうがよかった、と反省を込めて思っています。

「理想の相手」は
本当に家族としてやっていける人か？
「理想の相手」は
自分にとって心地よい人か？
それを現実的に考えたほうが、
結婚の準備は整うのかもしれません。

「好きな人になんでも合わせる」をやめる

考え方がおもしろくて、生き方にガッツがあって、笑いを含めてセンスがいい。決して完璧ではないけれど、とにかく刺激的で魅力がある。

三〇代になったばかりのわたしはそんな人に出会い、大好きになりました。

フリーになって仕事がうまくいかずに「やはりテレビの仕事は、向いていないいんじゃないかな」と落ちこんでいた時期。決して自分というものがぶれない、彼のつよさに惹《ひ》かれたのだと思います。彼もわたしを好きになってくれました。

わたしには、自分の理想とする女性像がありました。

お料理が上手で、家事が完璧で、旦那さんに尽くし、家族を明るく支える女性。その「理想の女性」はわたしの母にそっくりだったし、彼の「理想の妻」のイメージにも重なっていました。

繰り返し書いている通り、目標を立てて努力したり、役割を果たして喜ばれたりするのが大好きなわたしは、自然と「彼に合わせた新キャラ」に変身していきました。彼より三歩は下がれないけれど、二歩ぐらいは下がろうかな、というふうに。

出会った頃は素の自分だったはずなのに、「嫌われたくない、もっと好かれたい」という気持ちがつよくなり「彼の理想の女性像」になろうとしてしまったのです。料理が苦手だというコンプレックスがあったので、料理教室を三つも掛け持ちしたりもしました。

ところがこれは裏目に出ました。彼が好きで自分も憧れる「理想の女性」に向かって努力するうちに、自分の好きな飲みものすらわからなくなってきたのです。彼が「コーヒーがいい」と言えば自分もコーヒー。彼が黒と言えば、白いものも黒く見えてくる……。

結婚が具体的になってくると、彼から言われたのです。「テレビの世界は好きじゃない。仕事を辞めて家に入ってほしい」と。当初はわたしもそのつもりでしたが、彼のおかげでどん底状態からはいあがり、仕事がまたおもしろいと思うようになっていました。

いざとなると「本当に仕事を辞めていいのかな？　仕事を辞めたくないと気持ちを伝えたけど、仕事を全部辞めてほしいと言うのはひどくない？」と疑問が湧いてきたのです。彼が大好きで、つい彼に合わせてしまったけれど、最後の最後にがまんできなくなったのでしょう。

「やっぱり結婚しても仕事は続けたい」

それが原因で彼とはお別れしてしまいました。

いくら彼に好かれる「理想の女性」になれたとしても、それは自分でなくなってしまうこと。わたしは理想の女性より、理想の自分を選んだのです。

好きな人に合わせているとき、
「がまんしている」という意識は消えます。
でも、「無意識のがまん」ほど
危険で心を蝕《むしば》むものはありません。

「みんなに喜ばれる結婚」をやめる

ものすごく大好きで結婚直前まで行った先ほどの彼と、仕事が辞められずにお別れしたとき。親友も母もわたしに「ホッとした」と言いました。

彼とつきあっていた頃、わたしがまるで別人になっていたようで、「結婚して疲れないかな？　一緒にいて本当に大丈夫？」と心配していたようです。

「家族も友だちも喜んでくれる、みんなにおめでとうって言われる相手と結婚したい」。そう思うようになったのはちょうどこの頃です。

結婚は一人の問題ではなく、家族の問題。「祝福される結婚が一番幸せだ」と何かの本で読んだことを思い出し、「世間でいいと思われている人ってどんな人だろう？」

と考えはじめるようになりました。

結婚について占ってもらうと、「新月のときに一〇〇個、結婚したい人の条件を書きなさい」と言われました。そこで自分の理想と世間の評価を合わせた「完璧な人」の条件を書きだしたら、出てくる、出てくる……。

お恥ずかしいですが公開できる限りを書き連ねます。

実家が地方にあって、次男で、身長が一七五センチ以上で、ゴルフが好きで、英語ができて、車の運転が好きで、脚が細くて、やさしくて、子どもが好きで、自分の家族もわたしの家族も大切にしてくれて、孫の代まで絶対に安泰みたいな職業で、「仕事を続けるかどうか麻耶に任せるよ」とわたしを尊重してくれて、わたしの顔が好きで、……そして、巨乳好きじゃない人。

ほかにも相当に勝手な条件を書いたのですが、数か月後、なんと驚いたことにその通りの人が現れました。

まわりも応援してくれて、おつきあいを始めたわたしたちですが、つきあいが深くなって判明したのは、あろうことか彼は結婚願望がない人！「いまのままつきあっているのもいいよね。結婚は別にしなくても」というのが彼の本音だったのです。

「結婚」の二文字に焦っていたわたしはうっかり一〇〇の項目に、前提条件である「結婚願望がある人」と書くのを忘れていたようです。

こうしてわたしは、完璧（だったはず）な彼とも「結婚はできない」という選択をしました。

自分に自信がないから、自信たっぷりの魅力的な人に埋めてもらうのは違う。

まわりに認めてほしいから、完璧な条件の人を選ぶのは違う。

自分は料理が苦手だからといって、家事をしてくれる男性を探すというのも違う。

ではわたしにとっての「結婚」に関する正解はいったい何？　と考えあぐねていたところ、とんでもないことに気づいてしまいました。

じつは、結婚したいわけでもなかったことに。

「お嫁さんにしたいアナウンサー」と言われた頃もあり、野球選手か青年実業家と結婚して寿退社し、お母さんになる姿を、まわりは想像していたことでしょう。

でも、自分の奥底を見つめてみたら、そもそも結婚に興味がなかったのです。

「幸せな女性」という目標を達成するには、結婚が絶対条件だと思っていたけれど、それはただの思い込みでした。

最近は男性の約四人に一人、女性の約七人に一人が生涯独身ともいわれ、シングルは珍しくありません。それでも多くの女性にとって、結婚は一種のプレッシャーです。どんなに仕事をがんばって、どんなに仲間に恵まれて、どんなに自分の世界をもっていても、「結婚していない」というだけで「何かが足りない」と思わせる刷りこみがあります。「結婚」というたった二文字は、世間から、親から、自分自身からのプレッシャーで、強烈な力をもつのです。

結婚が自分に本当に合っているのか、それとも自分にがまんを強いることになるのか……立ちどまって考えられたわたしは、ラッキーだったと思います。

さらなるヒントをくれたのが、実写版の映画『シンデレラ』でした。

お母さんもお父さんも亡くなり、新しいお母さんと義理のお姉さんたちにいじめられていても、シンデレラは自分で自分を幸せにする方法を知っていました。どんなにつらい状況でも自分をちゃんともって、屋根裏部屋でもきれいな声で歌い、明るく生きていたのです。

シンデレラは王子様に見つけられて幸せになったのではありません。

王子様は、一人でも幸せにしていたシンデレラに惹かれて、現れたのです。

いまのわたしは、王子様がいなくても、幸せになれると思っています。

結婚してもいい。でも、結婚しなくてもいい。いらないがまんをせず、まず自分のコップを満たすことが、幸せへの第一歩だと感じます。

自分に足りないものを、
相手に埋めてもらおうとしないこと。
そのうえで手をつなぎ
一緒に歩いていける人と巡りあえたら、
最高に幸せになれるかもしれません。

「愛されないと愛さない」をやめる

わたしは少し男性感覚なのかもしれません。

「好きな人と関係をもったんだけれど、それっきり連絡がない。でも自分から連絡するのは嫌だ」と悩んでいる人が、不思議で仕方ないのです。

「えっ、たとえ一回でも、好きな人とそういうことができたんだよ。すっごくよかったじゃない。ゼロよりずっといい！　また会いたいなら、自分から連絡すればいいよ！　好きになってそれを表すのが、どうして自分の安売りなの？」

恋愛経験が豊富ではないわたしが大胆発言をするのはおかしいかもしれませんが、そもそも『古事記』には、イザナミの体の「足りないところ」と、イザナギの体の「余ったところ」を無邪気に合わせる「国生み」によって日本ができたと書いてあります。

アダムとイブがお互いの体を隠したキリスト教文化の西洋と比べたら、日本人はもともと性におおらかな民族なのかもしれません。

恥ずかしがらなくていいし、好きな人を求めるのは自然なことだと思います。妙なプライドや、「はしたない」という女性のためらい、「好きになるより好かれたほうが勝ちだ」みたいなゲーム感覚で自分の気持ちをがまんするのは、やめにしてもいいのではないでしょうか。

たとえ片思いでも、誰かを好きになることはすてきなことです。

「わたしなんて愛してもらえるわけがない」と決めつけてすねている人もいますが、

「勝手に自分から好きになっちゃえばいいのに」と思います。

「わたしなんて」と言っている時点で、向こうが好きになってくれるという見返りを期待していますが、自分が好きになれたら、それだけで幸せです。

誰かにときめく「好き」という気持ちが自分のなかにあるだけですごいこと。

数多くの人が暮らすこの世界で、たった一人のことを「好き」と思えたことはすばらしいこと。

「好き」をがまんするのはもったいないと思います。


そもそもがまんというのは、「明日がある」と思うからできることです。

もし、その好きな人が明日から海外に行って一生会えないとなったら、好きという気持ちを伝えたくなるはずです。

そして人には、「絶対に明日がある」という保証はありません。

わたしは結婚してもしなくても、人を好きになりつづけたいと願っています。

片思いでいい。
相手が好きになってくれなくてもいい。
誰かを好きになる。
それだけで、すばらしいことです。
「好き」という気持ちを素直に出せば、
自分も世界も明るくなります。

「直感を無視すること」をやめる

「結婚してもいい。でも、結婚しなくてもいい」と書きましたが、この本の最初の原稿を書き終え、編集者に渡した五月の終わり、わたしは思っていました。

「結婚には向いていないし、そもそも自分で思っているほど、結婚願望もなかったんだな」と。それどころか、文章にはしなかったけれど、内心では結論めいたものすら出ていたのです。

「たぶん、わたしは一生結婚しないんじゃないかな」と。

そんな自分が、まさか交際ゼロ日で結婚するとは、想像もできないことでした。

その日、事務所の社長と打ち合わせのあと、行きつけの美容院で、いつものカットとトリートメントをお願いしていました。そのサロンには友人も通っていて、美容師さんたちや友人とおしゃべりするのも楽しみの一つでした。

「めちゃくちゃ凄腕の先生に出会っちゃった！　とにかく施術受けてみて。＊＊先生って言うんだけど」

ある男性が話題に出て、それはちょっと変わった姓でした。わたしは聞いたとたん、「えーっ、その人に会いたい！」と声に出していました。

原稿を書き終えた解放感と達成感もあって、いつもよりオープンになっていたのでしょう。それにどういうわけか心のなかからワクワクがこみあげてきて、「その苗字、すごくいいいなぁ」と感じていました。そして何より、打ち合わせの際、社長が腰痛でつらそうだったので、「誰かいい先生いないかな」と思っていた直後だったのです。

数日後、そのちょっと変わった姓の彼と、会うことになりました。

「はじめまして、小林麻耶です」

社長にと予約をとったのですが日程が合わず、せっかくだからわたしが行こう！と向かったのです。どこも痛くもないのに。

わたしは彼を見た瞬間、「この人と結婚したい」と感じました。

理由はないのです。顔が好みとか、すでに書いた「一〇〇個の条件」に当てはまるとか、そういうわけではありません。むしろまるで当てはまらない人です。

たとえばわたしは年上好きだったので、年下はダメでしたが、話しているうちに彼は四つ下だということがわかりました。三つ違いの麻央ちゃんよりさらに若い！　ありえない！

「苗字が気に入っただけで、年下男子にうきうきしちゃう、三八歳独身女子。これはイタい。イタすぎる」

心のなかで自分にツッコミを入れ、照れ隠しをするように、いい人そうだし、年下好きの友人に紹介しようと思いました。

「結婚はもうないいな」と思っていた自分が、初対面で、たいして話してもいない相手について、「この人と結婚したい」と感じるなんてどこかおかしいと慌てたのです。

彼にはちょっとお節介なお姉さんみたいなノリで、「えっ、彼女いないいんだー。じゃあ、どういう人がタイプなの？」と聞いてみると、「うーん、とくにないですけど年下ですかね」という答え……。

さらに彼は五、六年テレビなしの生活を送っているらしく、『恋のから騒ぎ』、よく見ていました。『王様のブランチ』も出演されていましたよね」と言うのです。

ブランチに出ていたのは二〇代。自分で言うのもなんですが、女子としてもアナウンサーとしても一番キラキラしていた頃。三〇代も終わりに差しかかったいまとは、ギャップがあることは確かです。

それでもわたしは、彼に話しかけずにはいられませんでした。男性として好き、というよりは姪や甥に接しているときのように、「この人のために何かしてあげたい！」と思ったのです。生まれて初めて、母性が湧き出してきたようでした。

わたしは男性に対して、「女性として尽くしたい」と思ったことはあっても、「母性的に何かしてあげたい」とつよく願ったことが一度もありませんでした。男の人に対して母性的になるなんて、生まれて初めての感覚でした。

原稿を書きながら振り返ると、わたしはそれが生涯のパートナーとの出会いだとは自覚していなかったようで……。ただわたしの直感だけが、「この人だよ」と告げていたのです。

もしかすると人生には、理屈で説明できない、直感だけがささやく瞬間というのがあるのかもしれません。それは根拠がないし、無茶苦茶だし、突然すぎることもあります。

普通に考えたらありえないことであれば「気のせいだ」と、その直感を押しつぶしてしまうでしょう。でも、わたしは根拠のない直感に従うことも、自分らしく生きるということではないかと感じています。

頭で考えることと、心で感じること。
どっちが本当なのでしょうか？
理由はなくていい。
人に説明できなくてもいい。
自分の感じる心に従うことが、
「しなくていいがまんをせずに生きる」。
そういうことかもしれません。

「しなくていいがまん」をやめる

わたしは考えすぎるほど考えてしまう「頭でっかちタイプ」です。

直感に従って生きる自由さは、残念ながらもっていませんでした。

「この人と結婚したい、この人のために何かしてあげたい」

彼に対してそんなふうにつよく感じたのに、「いや、気のせいだよね」と自分のなかで整理しました。だいたい彼のことはたいして知らないし、タイプかと言えば違うし、「好きなの？」と聞かれたら、即座に「そういうんじゃないから」と否定できる自信がありました。

話していて楽しかったし、そのあとも施術を受けに行きましたが、それは先生とお客さんとしての関係。深い話をするわけでもなかったし、六月に入ると、わたしは精神的に余裕がなくなってしまいました。六月二二日は妹の一周忌。ふさがりかけた心のかさぶたを、ピリッとはがすような日々の始まりだったからです。死を悼むとは、最愛の妹を失ったことをふたたび実感することです。これは、とてもつらかった。

麻央ちゃんはいない。どこにもいない。自分は一人だと思いました。「時」は悲しみを癒やす薬だと言うけれど、わたしにはまだ、お薬が足りていないようでした。

友人が、「彼も誘って三人であのカフェに行ってみない?」と企画してくれたのは、あまりにも落ちこんでいるわたしを励ますつもりもあったのだと思います。

食事をしながら、彼は特別なことを言ってくれたわけではありません。三人で他愛もない話をして、笑って、お料理をおいしいと言い合って、ただそれだけでした。わたしはお酒が飲めないので深夜まで盛り上がることもなく、方向が同じなので、彼と一緒にタクシーに乗りこみました。運転手さんに行き先を告げ、「本当においしかったよね」とわたしが話しかけたとき、彼が言いました。

「結婚してください」

いきなりでした。つきあってもいない。デートすらしていない。二人きりになったのはタクシーのなかだけ。それなのに？　わたしは混乱し、速攻でことわりました。

「そんなのダメ。いきなり結婚とかって、もうちょっとよく考えましょうよ。出逢ってまだ二か月もたってないし。そもそも、つきあってもいないじゃない。自分のことは自分が一番よく知ってるけど、だいたいわたしは結婚に向いてないの」

彼はそれでも、「結婚してほしい」ともう一度言ってくれました。


――おいしいものがあると、麻耶ちゃんにも食べさせたいなと思う。おもしろいものを見ると、これを見たら麻耶ちゃんが喜ぶだろうなと思う。自分にいいことがあると、真っ先に麻耶ちゃんの笑顔が浮かぶ。だから、これからずっと、そういう幸せを共有したい……。

彼の言葉を聞きながら、自分が泣いていることに気がつきました。うれしくて泣いているのだとわかっていました。でも、わたしは泣きながら言い張ったのです。

「違う人と結婚したほうがいいよ。わたしなんか踏み台にして新しい人と出会って!」

我ながら、昭和の昼ドラのような変なセリフですが、わたしは「踏み台、踏み台」と言いつづけ、めげずに「僕は麻耶ちゃんと結婚します」と言い切ってくれた彼も、とうとう黙ってしまいました。

そして沈黙を破ったのは、タクシーの運転手さんでした。

「あのー、そろそろ、先に一人降りるとおっしゃった＊＊通りですけど」

そこで彼は車を降り、わたしは一人、帰宅しました。運転手さんは無言で、わずかな距離とはいえ、車内は相当に気まずかった……。

家に帰って、座りこんだわたしは、改めて自分は踏み台でいいと思いました。

ちょっとつきあうなら楽しいかもしれないけれど、結婚は一生で、そんなの彼が大変すぎる。自分のことを知れば知るほどわたしは不器用で面倒くさい人間だし、あんなにすてきな彼がそんな女とかかわって苦労するのは嫌だ、そう考えたのです。

結論は出ている。プロポーズもことわった。じゃあなんでまだ泣いているんだろう？　自分に聞いてみると、答えがふうっと浮かんできました。

わたしはいま、人生最大級の、「しなくていいがまん」をしていると。

好きで、結婚したくて、プロポーズされてうれしいのに、がまんをしていると。

「しなくていいがまん」はやめると決めたはずなのに。

交際ゼロ日でもいい。結婚に向いていなくてもいい。彼と生きたいのだ……。

その夜、日付が変わる直前、彼に電話をかけました。

「わたしと結婚してください」

それは、わたしが本当に、しなくていいがまんをやめられた瞬間でした。

自分の力で「しなくていいがまん」を
やめることは、もちろんできます。
でも、心のクセは頑固で、
自分の力で直すのは難しい。
信用できる大切な人の力を借りて、
「しなくていいがまん」をやめる。
こういうやり方も、
ありじゃないかと思います。

「マイ・ルールにこだわる」をやめる

「麻耶ちゃん、本当に結婚できたんだね」

入籍をブログで報告し、夫と近所を散歩していたときにばったり会ったスタイリストさんに、驚かれました。

自分で「結婚に向いていない」という結論を出したのは最近でしたが、わたしの身近な人はもっと早くから「麻耶に結婚は無理」と感じていたようです。

なぜならわたしは、人と一緒に眠ることすらできなかったから。

いつもがまんして、つよがって、「役に立たなきゃ、ちゃんとしなきゃ、人に好かれなきゃ、いい子だと思われなきゃ」と自分にプレッシャーをかけつづけていたわたしにとって、眠るときだけが唯一、自分を解放できるときでした。

彼氏の家にお泊まりしたら眠れない、だから深夜でも帰宅していた。女同士でもダメで、友だちと旅行するなら、同じホテルでも部屋は別々にとっていた。すっぴんにパジャマで寝転がっていろんな話をする……そんな女子っぽい気楽なつきあいができる相手はわたしにとって妹だけで、だからこそ妹の存在が大きかったのでしょう。

「おんなじ部屋で眠れてる?」

親しいスタイリストさんなので、少し突っ込んだ質問をしてきましたが、夫は笑いをこらえていました。わたしがぽかっと口を開けて、よだれすら垂らす勢いで子どもみたいに熟睡していることを、横で寝ている彼が一番よく知っているからです。

交際ゼロ日で結婚をしたので、毎日が発見。彼は顔も性格も性別だって違うのに、麻央ちゃんにそっくりです。何をするわけでもなく、そこにいるだけであたたかい人。

新婚だからというのもありますが、彼と近所のスーパーに行って食材を見たり、アイスクリームを食べたりするだけで幸せです。朝起きて、お天気がいいだけで笑いあえます。それは、自分が自分のままでいられるからでしょう。夫はありのままを受けいれてくれるから、昔の彼のことまで書いてしまったこの本の原稿を見せても、「うん、素直な本になりそうだよね」と言ってくれるのです。

自分のままでいい——そう安心できる存在は、これまでのわたしには妹だけでした。だからこそ、妹が逝ってしまった喪失感が大きかったのです。

妹の死から一年たち、「麻央ちゃんが巡りあわせてくれた！」と思えるほど、妹みたいに安心できるパートナーを得たわたしは、本当に幸せいっぱいでした。

それなのに、結婚を決めたわたしは体調不良に悩まされるようになりました。ちょうど一年前、妹の闘病をマスコミに発表する直前と同じ状態になってしまったのです。

たぶん、わたしは本当に安心したのでしょう。

学校で嫌なことがあっても必死でがまんして平気な顔をしていた小さな子どもが、家に帰って、お母さんの顔を見たとたん、安心して泣きだすことがあります。

これまでのわたしには、安心して泣きだせる「家」がなかった。だから無理をしてでもがんばれたのです。平気なふりができたのです。

でも、いまのわたしには、夫という安心して泣いてもいい「家」ができました。つよいふりをしてがんばることができないくらい、頼れる存在ができました。だから安心して、具合が悪くなってしまったのだと感じます。


妹の一周忌が終わったらバリバリやるつもりで、わたしはたくさん仕事を入れていました。ところが思いがけず結婚が決まり、七月二四日に婚姻届を出したことを発表したところ、ありがたいことに新規のオファーもたくさんいただいたのです。

すでに書いた通り、「受けた仕事は途中で投げださない」というのが「したほうがいいがまん」であり、マイ・ルール。だからやり遂げるつもりでした。

でもルールを守ろうとしたら、また生放送中に倒れてしまうかもしれない……。やりたいけれど、できそうになく、でもやりたい。そうやって「受ける／受けない」の答えを引き延ばしたら、大勢の人たちにご迷惑をかけてしまいます。

無理をしてまた倒れてご迷惑をかけるのは怖いし、第一、もう無理ができない。失礼なく、すべてのお仕事をおことわりする、ベストの方法はなんだろう？

事務所にも相談して出した答えが「退社すること」でした。世間には突然と思われたかもしれませんが、事務所との契約更新のタイミングだったのも、何かの節目のようでした。

テレビの仕事は楽しいし、うまくやれている部分もあったと思います。いまでも、本当に大好きです。でも、できなくなってしまいました。

まわりのみなさんのことを考えるのも大事です。過去の自分が決めたマイ・ルールも大事です。でも、できないのなら、「できない」と言ったほうがいい。

自分に正直に生きる。わたしはそれを妹に学び、いまは夫から学んでいます。

ルールや約束を守ることはとても大切。
守れるのなら、すべて守ったほうがいい。
でも、もしも守れなくなったら、
「守れなくなりました」と素直に言う。
できるだけ早く「ごめんなさい」と言う。
これが、がまんして守りつづけるより、
相手にも自分にもプラスになる。
そんなふうに思うのです。

感謝や思いやりの心を忘れない

□「理想の相手」は探さなくていい
□好きな人になんでも合わせなくていい
□みんなを喜ばすための結婚はしなくていい
□「好き」と思えたらそれですばらしい
□湧いてきた直感にふたをしなくていい
□うれしい気持ちに素直になっていい
□マイ・ルールにこだわらなくていい

……でも、「したほうがいいがまん」もあります。

しなくていいがまんをやめて、自分を尊重しながら人を愛していく。

このとき勘違いしないように、自分なりに気をつけているポイントが三つあります。

恋愛は苦手分野ですし、結婚は若葉マークなのでたいしたアドバイスではないのですが、ご参考まで……。

ポイント一　「ありがとう」を忘れない。

わたしはまだ結婚したばかりですが、読んでくださる人のなかにはずっとつきあっている恋人がいる人、結婚して何年もたっている人も多くいると思います。

カップルになって長くなると、いつの間にか甘えが出てきて「ありがとう」という言葉を忘れてしまうことがあります。新婚というのもあり、わたしはいまは自然とできていますが、諸先輩の話を聞いて、今後は気をつけたいと思っています。

照れくさいとか、面倒くさいという気持ちはがまんして、感謝の気持ちは伝えましょう。とくに男性には「ありがとう」を言ってほしいと思います。

ポイント㊁「好き」は二人の潤滑油。

「好き」と言葉にするのは大切なことです。わたしはそれがじつは得意で、あまりに「好き」と言いすぎて「重みがなくなるよ」と彼氏に怒られてきたタイプなのですが、やはりカップルになって長い人は、お互いに「好き」と言わないと聞きました。

それでも「好き」と言われてうれしくない人はいません。二人とも苦手でもそこはがまんして「好き」と言葉にするといいと思います。

ポイント㊂「好き」のお返しを求めない。

これはわたしもよく大失敗していました。

「好き」という気持ちが素直に出て言葉になるのはいいことだと思いますが、つい相手にもお返しを求めてしまうのです。

「ねえ、わたしのこと好き？　好きなら好きって言って」

これはほとんどの男性は、ドン引きします（経験談です）。

「好き」は自分から言ってこそすてきなもので、相手に求めてはいけないと思います。それに、無理やり言わせた「好き」よりも、言いづらいのに自分のために照れくささをがまんして言ってくれた「好き」のほうが、ありがたみがある気もするのです。

Chapter 5

ただ生きているだけで

「家族と他人の線引き」をやめる

わたしは少し「異常な姉」です。

妹が生まれてからずっと愛しつづけ、どうしてこんなに好きなのか不思議でした。

もちろん「お姉ちゃんだから」ということもあったと思いますが、何をするにも妹が優先。

「麻央ちゃんが一番。麻央ちゃんが大好き」というのは、妹が生まれた三歳のときから、妹がわずか三四歳でいのちを失い、自分が三八歳になろうとするときまで、なに一つ変わりませんでした。

お互いに大人になっても少しも離れたくなくて、お風呂も一緒に入るほどです。

社会人になってから姉妹揃ってストーカーに狙われるという事件がありましたが、「誰かが襲ってきたら、わたしが麻央ちゃんの前に飛びだしていって死ぬ。麻央ちゃんが誘拐されたら交換してもらう」と真剣に言っていました。

なぜか「麻央ちゃんのいのちを守る」という意識もつよかったようです。

小林家はきびしい父に守られていましたが、家族の中心にいるのはいつも明るく朗らかな母。

両親はわたしたち姉妹をあたたかく育ててくれました。そして父は父のきびしさ、母は母の明るさ、わたしは姉としてのにぎやかさで、ただそこにいるだけで心和む、おっとり穏やかな妹を愛していました。

もしかするとわたしは、心のどこかで妹が早く亡くなることを知っていて、普通の人の一〇〇倍にも及ぶ濃さで愛していたのではないか。

「ママが死んじゃう！」という大出血事件のあと、母の命も無事なまま、新しい命として現れてくれたから、余計に愛したのではないか。

いまもときどき考えますが、妹がここまで愛《いと》しい理由ははっきりとはわかりません。同時に家族というのは、「愛しい理由」などいらないものだとも感じます。

それだけに、妹が嫁いだときはショックでした。

「なんでわたしの妹をとるの！」という勢いで、麻央ちゃんが自分の横からいなくなってしまったことが、ただただ悲しかった。

もちろん祝福はしているけれど、心にぽっかり穴があいた状態。姓が変わっただけで、家族じゃなくなったようでさびしかった。

新婚さんだし、そこは大人の女性としてわきまえようとがまんをしていましたが、旦那さんが地方での公演で留守だと、大喜びで遊びにいきました。

姪と甥の出産にも立ち会い、麻央ちゃんは自分の誕生と同じく、わたしに「新しい命」という光を見せてくれたのです。

世の中には、結婚したらそこに新しい家族ができて、一線を引くべきだという考えがあります。わたしはそれも理解できますが、ただしその線は、そんなにかっちりしていなくていいと思うのです。

なぜならわたしたちは、奇跡のような巡りあわせで生まれています。

何億人もの男と女がいて、巡りあって夫婦になる奇跡。

親と子として出会った巡りあわせ、同じ親の元に生まれたという巡りあわせ。

これを考えたら、「結婚したら他人」というのはさびしいのではないでしょうか。

同じような奇跡で姪と甥が生まれ、わたしも子育てを少しだけ手伝わせてもらいました。いまは妹がいないぶん、お手伝いは増えています。

これをでしゃばりだとか、余計なお世話だという人がいるかもしれませんが、わたしは「みんなで子どもを育てる」というのはすばらしいことだと思います。

昔はおじいちゃん、おばあちゃんどころかひいおじいちゃん、ひいおばあちゃんも親戚もいて、みんなで子どもを育てていました。そのぶん親の負担は減るし、子どもはいろいろな大人に触れて世界を広げることができます。

そこでわたしはあるとき、「子どもが好きだけれど独身のままで触れ合う機会がない」という年上の友だちに、姪と甥の世話を一緒にしてもらったことがあります。「こんな幸せな気持ちにさせてくれてありがとう」と彼女は喜んでくれたし、わたしも体力的にとても助かったし、甥と姪は新しい大人と遊べて大喜び。みんながハッピーになった瞬間でした。

妹が旅立ったあと、子どもたちを招待してお庭で思いきり遊ばせてくださった人。一緒に歌を歌ってくれた人。かけっこをしてくれた人。

あのときの姪と甥はひさしぶりに明るい笑い声をたてましたし、その声はまわりの大人たちの心をあたためました。人に助けてもらう大切さとありがたさを学びました。

こうやって、たくさんの大人が子どもにとっての広い意味での「家族」になれる世の中が実現したら、どんなにすてきだろうと感じます。

この世界に生まれてきたという奇跡。
いまここに生きているという奇跡。
その二つの奇跡が共有できている人は、
みんなが家族。
そんな意識になれたら、
世界はもっとあたたかくなる気がします。

「完璧な母親」をやめる

小さい子どもにとって、親は絶対的な存在です。だから、何があっても頼って甘えられる「完璧でつよい人」だと思いがちです。

わたしにとっての母も、まさにそんな人でした。

母はいつも頼れる存在で、知らない街に転校していじめられても、母を中心に家族が団結していたから耐えられたところがあります。社会人になって、仕事のことはあまり話しませんでしたが、要所要所で貴重なアドバイスをくれました。

母はいまも若々しくて元気ですが、それなりに年齢は重ねていますし、妹が亡くなったあとは孫の世話をしており、忙しくしています。

そのため、「どうしても手が回らないから、麻耶ちゃん手伝って」とか「悪いけれど車でここまで迎えにきてくれない？」とお願いしてもらえるようになりました。

いつも一人でなんでもやり、「母の役割」を完璧にこなしていた母が、ヘルプを求めてくる……。これは、母がわたしに弱みを見せて頼ってくれた証《あかし》のようで、うれしいのです。

母はそこに愛があれば、何もできなくても最高の母です。それはすべての母親について言えることだと思っています。

それでも闘病が過酷になってきた頃、妹はよく謝っていました。

「なんにもできなくてごめんね。こんなに迷惑かけちゃってごめんね」

たぶん妹には、やりたいことが、たくさんあったと思います。

母として果たしたい役割や、妻としての役割、子どもたちにしてあげたいこと。

今日やりたいことが一つもできないまま、痛みのなかで今日という日が終わってしまうことが、たまらなくつらかっただろうな、と胸が痛むのです。

それでもわたしは一点の曇りもなく、「なんにもしなくていいから生きていて」と思っていました。わたしが麻央ちゃんの立場だったら、絶対に同じように「あれをしたい、これをしたい」と苦しんだと思いますが、病気の家族を抱えた立場だと、「生きていてくれればいい」ということを実感するのです。

子どもの頃、お菓子をおいしそうに頬ばっていた麻央ちゃんは、ただそこにいるだけで愛しかった。それと同じように、具合が悪くて話もできなかった麻央ちゃんが、輸血を受けてしゃべれるようになったのがうれしかった。容体が落ち着いて、血の気の引いた顔色がピンクに染まったのが安心した。眠っていてかすかな寝息が聞こえることで、「ああ、生きている」という実感が湧き、かけがえがなかった。

姪と甥は幼くて、まだそんな話はできませんが、ママは「ママ」としてただ存在してくれているだけでうれしいのではないでしょうか。

すみずみまでお掃除をしなくてもいい。
お弁当が残りものばっかりでもいい。
洗いものを残して一日を終えたっていい。
がまんして母の役割を果たさなくていい。
そこにいることがあたりまえすぎて
気づきにくいけれど、
家族は生きて、ただ生きて、
そこにいるだけで愛くるしいのです。

「それどころじゃないからがまんする」をやめる

この本を読んでくださる人のなかには、家族が怪我《けが》や病気と闘っている最中だったり、介護にがんばっていたりする方がいるかもしれません。

病という黒い雲は、あっという間にもくもくふくらみ、本人ばかりか家族みんなを覆い尽くしてしまいます。

苦しみだけを見つめて、「大変な時期だから、じっと耐え抜こう」と体を縮こまらせたら、その雲に飲みこまれてしまうと思うのです。

わたしの妹は、明るい女性でした。

おとなしいので、にぎやかなおしゃべりで光を振りまくタイプではありませんが、黙って微笑《ほほえ》んでいるだけでまわりを包みこむ力をもっていました。

妹はまた、自分が「こう」と信じたことは黙って貫く女性で、どんなときも前を向いていました。

だから病気の黒い雲のなかで、妹は太陽でありつづけた。絶対に元気になると、誰よりも麻央ちゃんが信じていたのです。わたしたち家族は、助けられました。

それでも病気はつらく、ぐったりして話もできない状態になることもあります。大好きな長い髪を失っても、いろんな種類のウィッグを試して、わたしたちを笑わせてくれたりした妹。病院から家に帰ると、涙が止まらない日が何度もありました。

麻央ちゃんが襲われたら、代わりに自分が飛びだそうと決めていたくせに、何もできない自分。会いたいのに、会うのがつらいというジレンマです。

でも、こちらがつらく悲しい気持ちになったら、その気持ちが麻央ちゃんに全部伝わってしまうこともわかっていました。

そこでわたしは病室に入る前にかならず時間をとって、「いま、麻央ちゃんは生きている」と感じることにしました。自分のなかで、つらいことや苦しいことでなく、「妹が、いまこの瞬間、生きている」ということだけに焦点を合わせるのです。

「生きていてくれてありがとう、生きてる、生きてる、生きてる！」

そうすると、自然とやさしい気持ちになれましたし、自分の気持ちも整いました。

わたしの場合、自分自身も倒れるほど体調が悪かったので、病室にいて気持ちが落ちてしまったときには、病院内の夕陽《ゆうひ》が見られる場所に行ったり、お茶を飲みにいったりして「自分のための時間」をもち、一回気持ちを整えるようにしていました。

無理やがまんをして、自分が潰れてしまわないこと。これも、家族を守るためには必要だと思います。

大変なときでも、
カフェで五分でものんびりする。
大変なときでも、見たいドラマを見る。
大変なときでも、
ほんの小さな楽しみを大切にする。
それは誰かを悲しませる
わがままではありません。

「来てもいない未来の心配」をやめる

二〇一五年の年末から、どんどん悪くなっていく妹の容体。入院と自宅療養で、安定しているときは元気に見えていたのですが、「これからどうなるのだろう」という不安が家族を襲いました。

二〇一六年の五月にわたしが倒れてしまい、スポーツ紙のスクープを受けて海老蔵さんが緊急記者会見を開いたのが六月九日。大きく報道された「進行性のがん」という文字が、目に耳に、突き刺さりました。

普通に元気になるものだと本人も家族も思っていたから、病状の悪化はとても目をそむけたい現実だった。自分がしっかりしなくては、と無理やり食べていましたが、どうしても眠れない。しっかりしていなければならないと思うのに、わたし自身が潰れそうでした。

「麻央ちゃんがどんどん悪くなっちゃうかもしれない。こんな症状になるかもしれない。余命も言われた。もしかしたら……」

夜中に考えだすと、もう心配が止まりません。心配で、心配で、心が壊れそうです。悩みつづけたあるとき、どこかでこんな話を聞いたことを思い出したのです。

「起きていない未来について不安になることが、一番のストレスだ」

たしかにその通りで、「将来ずっと一人なのか?」とか「いまの会社でこの先どうなるのか?」とか「子どもはちゃんと進学できるのか?」とか、人はみんな起きていない未来について心配したり、悩んだり、不安になったり、貯金をしたり、保険に入ったりします。

でも、その心配はいま現実には起こっていないこと。

「麻央ちゃんがどうなるか心配しているけれど、いまは生きている。未来はどうなるかわからないから、『治らないかも』と悩むより『元気になる』と、いまを信じたほうがいい」

この考え方は、妹に教わった気もしています。妹は常に「いま」に焦点をあてていました。今日、子どもたちに会えたこと、今日、ジュースが飲めたこと、今日、窓から見る空がきれいなことを心から楽しんでいました。

がまんもストレスの原因ですが、わたしたちは明後日も来年も一〇年後も生きていると思っているから、がまんして「いま」を犠牲にしてしまいます。Chapter4で「がまんというのは、『明日がある』と思うからできる」と書きましたが、絶対に明日が来る保証は、わたしたちの誰にもないのです。

そう考えると、誰にとっても確かなのは「いま」だけです。妹が亡くなってから、その思いはつよくなりました。

わたしは日本赤十字社が献血やいのちの大切さを学生に教えるために行っている「いのちの授業」の特別講師をさせていただいていますが、よくワークをします。

「三週間後に死ぬとしたら、今日何をしますか？」

勝手なイメージですが、一か月はけっこう時間がある感じがするし、二週間というと短すぎるので三週間という設定にしています。

映画でよくある、「死ぬまでにしたいことリスト」の三週間バージョンで、いまを生きることの大切さを、高校生や大学生にも知ってもらえたらと願っているのです。

忙しい世の中だから一回立ちどまって自分のことを整理するのは大切なこと。その意味でこれは大人にも役立つはずです。

――「三週間の命です」と病院で突然言われたら、あなたは何をするでしょう？

あれもしていない、これもしていないと新しいことをしたいと思う人、旅がしたいと思う人、会いたい人に会っておきたいと思う人、このままの生活で日常を楽しんでいこうと思う人……。

いろいろでしょうが、ワークをやってくれた学生たちは、「お母さんのごはんが食べたい」とか「友だちとおしゃべりする」とか、日常を大切にするという答えがほとんどでした。それだけ普通の日々が、みんなにとって宝物なのだと感じました。

ありふれた言い方ですが、不確かな未来より、確かないまを大切にする。がまんをせずに、自分らしい「いま」を味わい尽くす。

これは妹が教えてくれたとても大切なことで、この本を通して、多くの人と共有できたら光栄です。

明日の雨を心配して、
今日の太陽を味わわないのは
もったいない。
明日の雨が心配だからと言って、
今日も傘をもって過ごす。
そんな生き方はやめにしませんか？

「生と死に善し悪しをつける」をやめる

結婚して、わたしには新しい家族ができました。大切な夫と、夫の家族という新しい家族ができたのです。

でも「お嫁に行ってしまったから」といって、父と母の娘でなくなったわけではありません。わたしは一生、父と母の娘だし、二人はわたしの家族です。

そして空の向こうに行ってしまっても、麻央ちゃんは大切な妹です。

生きていても死んでしまっても、ずっと家族でいい。悲しみをがまんして区切りをつけるとか、無理に忘れることはありません。

死を口にすることはある種のタブーで、なかなか子どもに教えたり、家族で話し合ったりする機会はありません。でも、家族に線引きがないように、生と死にも線引きはなく、つながっています。生きて、死んで、また生まれるの繰り返しで、命は巡っていくものだとわたしは思っています。

生は「善いこと」で死は「悪いこと」と一概には言えないし、一枚のコインみたいに二つで一つのものではないでしょうか。

いつか死んでしまうからこそ、生きることを全うしよう！

ありきたりですがそう感じ、生と死を分けるのをやめたとき、わたしは死についても話すようになりました。

いつか死んでしまうことを実感していないから、いらないがまんをして生を満喫していない人がたくさんいます。そしてもしかしたら、あまりに死について語られていないがために、「死ねばラクになる」と自死を選ぶ人が増えているのかもしれません。

わたしの両親は健在ですが、永遠に元気でいてくれるわけではありません。いずれ、誰もが死を迎えます。

夫もわたしもまだ若くて健康ですが、それは永遠ではありません。

父と母の娘として生まれてきて、やがて死を見届ける。

愛する人たちも、そして自分も、いつか死を迎える。

この事実を見つめることはわたしにとってがまんではなくて、生きていることの一部です。

全員がいつか死ぬのに、その話をしちゃいけないというのはおかしなことです。

わたしもいつか、麻央ちゃんのところに行くでしょう。人生には絶対に終わりが来るのですから。

それまでは、しなくていいがまんなどせず、「いま」を生きるつもりです。妹が教えてくれた「人生をより色どり豊かなものにするために」という言葉を胸に刻んで。

「死ぬこと」だって人生の一部。
「死」だけをないがしろにして、
いまを恐れて過ごすのは、
とても悲しい生き方だと思います。
「人は絶対に死ぬ」
このゆるぎない事実があることで、
しなくていいがまんのすべてをやめて
「いま」をたくましく生きられるのです。

白と黒、どちらか一方を押しつけない

□家族と他人の線引きはしなくていい
□完璧な母親にならなくていい
□大変なときでも自分の時間を楽しんでいい
□来てもいない未来の心配はしなくていい
□生と死を分け隔てなくていい

……でも、「したほうがいいがまん」もあります。

しなくていいがまんをやめて、家族とともに生きていく。

このとき勘違いしないように、自分なりに気をつけているポイントが二つあります。

ポイント一 「グレーな発言」にとどめる。

友だちになら言わないようなことでも、家族にだと言ってしまうことがあります。「大変そうで余裕がないから、いまはそっとしておいたほうがいい」と友だちなら思えるのに、家族だとつい「大変なのはわかるけど、ここはこうしたら?」と注意してしまうのです。

わたしはとくにそういうタイプ。「これはやめたほうがいい」とか「こうしたほうがいい」と母にズバズバ言ってしまい、反省します。そのたび「麻耶ちゃんが言ってることは正しいと思うからごめんね」と言われて罪悪感に駆られます。

母はこう言ってくれますが、喧嘩になることだってあるでしょう。

だからこそ、正しさの主張は、家族にもやめたほうがいいと思って意識していいます。

あんまり白黒をつけすぎず、「家族だからこそ、グレーでもＯＫ！」ぐらいにふわっとしておいたほうがいいこともあります。

ポイント二「いまを生きる」と「刹那主義」は違う。

「未来を心配せず、いまを生きる」というとき、勘違いしやすいのは「いまがよければそれでいい」という刹那主義になってしまうこと。

いま楽しければいいと無茶をしたり、計画もなくムダ遣いをしてしまったりしたら、自分もまわりもつらくなってしまいます。

いまを大切にしながら、「いまが明日をつくり出す」と信じること。そして明日になったらまた、「いま」を生きる。そんなふうに、毎日笑って暮らせたら、最高ではないでしょうか。

Epilogue 「幸せになりたい」をやめる

人の死は、病気であるかにかかわらず、いつ訪れるか分かりません。

例えば、私が今死んだら、人はどう思うでしょうか。

「まだ34歳の若さで、可哀想に」

「小さな子供を残して、可哀想に」

でしょうか??

私は、そんなふうには思われたくありません。

なぜなら、病気になったことが私の人生を代表する出来事ではないからです。

私の人生は、夢を叶え、時に苦しみもがき、愛する人に出会い、二人の宝物を授かり、家族に愛され、愛した、色どり豊かな人生だからです。
だから、与えられた時間を、病気の色だけに支配されることは、やめました。
なりたい自分になる。人生をより色どり豊かなものにするために。
だって、人生は一度きりだから。

小林麻央

これは妹が二〇一六年一一月二三日にイギリスの公共放送機関・BBCへ寄稿した文章より一部抜粋したものです。

妹の言うように、人生は一度きりです。だからわたし自身もみなさんに、一度きりの人生をしなくていいがまんなどせず、思いきり生きてほしいと願っています。

妹が亡くなってしまったことで、わたしは「人生、本当に何があるかわからないものだ」と思いました。

妹は生きることしか考えていませんでした。わたしたち家族も、生きてくれるものだと思っていました。ですが、妹は目の前からいなくなってしまいました。

「あのときああすればよかったな、こうすればよかったな」が、いまでもとめどなく出てきます。

妹のために、もっともっとできることがなかったのかと、いまでも悔やまれます。

もっと見つめ合って話したかった。触れたかった。

「麻央ちゃん」と呼びたかった。おいしいものを一緒に食べたかった。


大切な人が、ずっと目の前にいてくれるとは限らない。

自分のいのちが、ずっと続くとは限らない。

だからわたしはもうがまんをせず、目の前の人を大事にし、いまを大切に生きようと決めました。

この人生は一度きりです。何があっても一度きりです。

しなくていいがまんをやめて、自分の心に素直に、自分のやりたいこと、自分の好きなことを、自分にやらせてあげてください。

それが自分のいのちを大切にすることにつながっているとわたしは思います。

がまんしなくていいし、役に立たなくていいし、目標はクリアしなくていい。

「生きるとは何か」なんて答えも見つけなくていい。

生きているだけで幸せです！

どう生きるかは自分で決めることで、正解なんてないのです。

いま、いのちをもっていることが幸せだから、わたしはもう「幸せになりたい」とは言いません。ときどき言ってしまうかもしれないけれど、そのたびに思い出すつもりです。

「わたしはいま、この瞬間、幸せです」と。

小林麻耶

小林麻耶

こばやしまや

1979年新潟県小千谷市生まれ。青山学院大学文学部英米文学科を卒業後、2003年にTBSに入社。アナウンサーとして『チューボーですよ!』『日立 世界ふしぎ発見!』『王様のブランチ』などの人気番組を担当し、『輝く!日本レコード大賞』の司会を5年連続務める。2009年よりフリーアナウンサーとなり、テレビ・ラジオで多くの番組に出演。現在は所属事務所を退社し、新たな道を歩みはじめている。

デザイン　西垂水敦（krran）
写真　北岡稔章
ヘアメイク　土橋大輔
スタイリング　佐々田加奈子（MINNIE）
衣装　ベアトリス（ファスサンファール）
編集協力　青木由美子
校正　株式会社ぷれす
本文DTP　朝日メディアインターナショナル株式会社
編集　岸田健児（サンマーク出版）

しなくていいがまん

2018年11月11日　初版発行
2019年4月25日　第10刷発行

著者　小林麻耶
発行人　植木宣隆
発行所　株式会社サンマーク出版
〒169－0075
東京都新宿区高田馬場2－16－11
（電話）03－5272-3166
印刷　共同印刷株式会社
製本　株式会社若林製本工場

ISBN978-4-7631-3715-9　C0095
ホームページ　http://www.sunmark.co.jp/